D0560712

# L’amour n’est rien

NADIA GOSSELIN

# L'amour n'est rien

Les 400 coups

Nous remercions le Conseil des Arts du Canada de l'aide accordée
à notre programme de publication, et la SODEC pour son appui financier
en vertu du Programme d'aide aux entreprises du livre et de l'édition spécialisée.

Nous reconnaissons l'aide financière du gouvernement du Canada
par l'entremise du Programme d'aide au développement de l'industrie de l'édition
(PADIÉ) pour nos activités d'édition.

Gouvernement du Québec – Programme de crédit d'impôt pour l'édition de livres –
Gestion SODEC

Conception graphique : Bruno Paradis
Mise en page et couverture : Marie Blanchard
Photos de la couverture : Shutterstock.com
Révision linguistique : Annabelle Moreau
Correction d'épreuves : Fleur Neesham



Dépôt légal – 1er trimestre 2012
Bibliothèque et Archives nationales du Québec
Bibliothèque et Archives Canada

ISBN 978-2-89540-580-1



Imprimé au Canada

Catalogage avant publication de Bibliothèque et Archives nationales du Québec et
Bibliothèque et Archives Canada

Gosselin, Nadia, 1970-

L'amour n'est rien

ISBN 978-2-89540-580-1

I. Titre.

PS8613.O771A86 2012
C2011-942626-9

C843'.6
PS9613.O771A86 2012

À C.
Ce n'est pas ton histoire que j'ai écrite,
mais la mienne, avec tout ce qu'elle
comporte de fiction.

Tu arrives en silence, pour ne déranger personne.

La bandoulière de ton sac glissant sur ton épaule, tu déposes ton fardeau au sol.

Tu prends place, à côté d'elle, sans faire de bruit.

Vous vous regardez, les yeux pleins de rire.

C'est comme si le temps ne s'était jamais écoulé entre maintenant et la dernière fois où vous vous êtes trouvés ensemble.

Agréables retrouvailles.

Tu me salues, d'un discret signe de tête.

Ton sourire est un soleil.

Ta chaleur m'envahit.

Tous mes nuages viennent de disparaître.

En cette froide soirée de novembre, le bruit de nos pas retentit sur le ciment salé des trottoirs. Nos voix fébriles se mêlent à celles des passants de la Sainte-Catherine. Alors que l'obscurité s'affaire à diluer le jour, la rue est déjà chamarrée d'enseignes lumineuses.

Nous voilà attablés devant un appétissant chiche-kébab.

De délicates flammes dansent au cœur des lampions de verre disposés sur les nappes de coton grenat. La salle à manger se parfume d'origan, de paprika et de safran émanant de l'agneau grillé sur la broche. L'assiette comble de riz, de pommes de terre rissolées, de houmous et de légumes bouillis, sur laquelle reposent les pulpeuses brochettes, suffirait sans doute à nous sustenter une semaine entière pour peu que nous arrivions à terminer les généreuses portions que l'on nous a servies.

Nous trinquons au plaisir d'être réunis, après tant d'années.

Au milieu du bourdonnement de voix indistinctes, nous bavardons de choses et d'autres. Quelquefois, une note de musique s'échappe et se faufile jusqu'à nous pour retourner se perdre aussitôt dans le tumulte.

Entre deux regards réservés, j'aperçois des reflets d'étoiles dans tes yeux.

L'ambiance se feutre.

Je me sens enveloppée.

Tu me parles de ce nouveau départ que t'offre la vie ; tu viens de te séparer, et tu as l'intention d'être heureux, dorénavant. Je te fais part également de ma récente liberté acquise, de mon désir de m'épanouir, moi aussi, et de faire désormais les bons choix.

L'oreille tendue, malgré son apparente insouciance, Sophie semble bien saisir ce qui se passe en toute subtilité ; ces retrouvailles deviennent surtout les *nôtres*.

Nous devisons ; elle reste silencieuse.

Sa réserve laisse présumer qu'elle ne prétexte avoir la bouche pleine que pour mieux nous laisser nous enivrer l'un de l'autre, pendant qu'*elle* se contente du vin, par ailleurs un peu trop sec. Je ne sais si elle se félicite de notre joie flagrante — qui se voudrait pourtant modérée — ou si elle n'en est pas quelque peu embarrassée, mais son attitude permet de croire en sa discrète connivence.

Minuit déjà.

Je contribue à l'achalandage habituel de la Sainte-Catherine, jusqu'à la rue Towers, pour retourner à l'appartement de mon ami Loïc qui m'héberge pour le week-end.

Quoique j'aie en ce moment l'esprit rêveur, l'heure tardive m'impose d'effectuer le trajet d'un pas assuré. L'homme aux cheveux hirsutes qui dort sur l'immense bloc de béton, longeant le mur du bâtiment, ne contribue pas à m'inspirer confiance ; je me presse d'enfoncer dans la serrure la clé que m'a remise Loïc, et qui donne accès au vaste hall d'entrée. L'armature de la grande porte de verre claque derrière moi, et je gravis les escaliers jusqu'au deuxième étage à la lueur ivoire de lampes encastrées dans le mortier.

Il dort déjà lorsque je rentre.

Je prends soin de ne pas troubler son sommeil.

J'enfile un pyjama, fais un brin de toilette, puis m'installe dans le lit de son fils parti rendre visite à sa mère.

La soirée s'est terminée trop tôt ; je dois la prolonger, autant que faire se peut, de mes rêveries éveillées. La tête enfoncée dans le creux de l'oreiller, les yeux fixant l'ardoise de la nuit, j'esquisse au mieux de ma mémoire chacun des traits de ton visage ; la fine poudre blanche de l'obscurité en adoucit les pourtours.

Je discerne les mouvements de tes lèvres, muettes, qui pourtant me parlent d'amour ; nul besoin du langage des mots pour nous comprendre. Je repense à chaque instant de cette trop brève soirée, et ressasse dans mes souvenirs les mêmes réjouissances jusqu'à en perdre conscience et me réveiller à l'aube.

Au petit matin, je souris avant même d'avoir ouvert les yeux.

La joue écrasée contre la bourre de l'oreiller, j'ai le cœur léger.

*Camil...* comme ce prénom me semble doux.

Lorsque je cligne enfin des paupières, les rayons qui plongent dans le jour par le biais des stores évoquent la finesse de ton regard posé sur moi.

Je me lève, pour me rendre à la cuisine, alors que Loïc sommeille encore.

En prenant bien soin de ne pas faire de bruit, je me prépare un café, l'esprit encore distrait par la rêverie.

J'étreins de mes mains froides la tasse de breuvage fumant dont la chaleur réconfortante me rappelle celle de ta présence.

Je savoure chaque gorgée, comme je savourais hier chacun de tes sourires.

Il est temps de préparer maintenant mon retour vers la Vieille Capitale.

Je me regarde dans la glace de la salle de bain. Je m'approche du reflet, pour mieux distinguer le détail de mon regard.

Tu as semé des étoiles dans mes yeux !

Je te souris, à toi que j'imagine de l'autre côté du miroir.

Je *sais* que nous nous reverrons.

De retour dans mon petit refuge.

Un message de toi, sur l'écran de mon ordinateur.

Quelques mots tendres.

De petits soleils rayonnent sous mes paupières.

Un sourire fleurit sur mes lèvres.

Noël.

Sinatra chante à la radio.

La sonnerie du téléphone m'interpelle.

Ta voix se met à murmurer des mots caressants à mon oreille.

Frisson de plaisir.

Quel agréable cadeau...

J'esquisse un sourire ; le tien se révèle dans ta voix.

Dehors, la neige douce et légère, immaculée, comme ma vie blanchie de toutes ses tristesses par ta seule voix apaisante.

Un petit bonheur s'est dessiné sur mes lèvres depuis notre rencontre.

Nous allons nous revoir !

Je dépose le combiné sur son socle.

Mon sourire s'élargit.

Je chante, avec Sinatra.

Ambiance urbaine.

Rythmes agréables d'une musique *lounge*.

Sous l'effet moiré d'aurores boréales artificielles, nous nous délassons, un ballon de rouge au cœur de la paume, devant le repas frugal d'un restaurant de Sainte-Foy où tu es venu me rejoindre.

Blottis au creux d'une banquette de velours, nous partageons des éclats de rire. Nos regards encore un peu timides semblent à la fois se chercher et se fuir.

Une flamme oscille entre nous deux.

Quelques confidences.

Soirée suave et ensorcelante.

Le restaurant doit bientôt fermer ses portes ; on nous indique gentiment la sortie. Nous nous retrouvons devant un verre, dans un petit bar de la Grande Allée, jusqu'à ce qu'on nous annonce, là aussi, la fermeture.

Cela nous fait rire.

Nous n'avons nulle part où aller, pour être seuls.

Alors que la ville dort paisiblement, nous bavardons dans la voiture entourée de flocons qui s'abandonnent au sol ; on se croirait dans l'une de ces petites boules de cristal que l'on secoue pour faire retomber mille paillettes scintillantes.

Ta voix est une mélodie.

Pour nous préserver du froid, tu laisses tourner le moteur de la voiture.

Nos cœurs agités le deviennent davantage lorsqu'arrive enfin le moment du premier baiser.

Doux frémissement de paupières closes...

Tandis que nous bâillons d'avoir passé une nuit blanche, le soleil se tire peu à peu de sa léthargie, emmitouflé qu'il était dans son confortable lit de nuages lactescents.

L'essence risque de manquer.

Cela aussi nous fait rire.

Je rentre seule chez moi, à l'aube.

Tu es toujours dans mes pensées folles lorsque je m'endors enfin.

À mon réveil, j'ai encore le goût sucré de tes lèvres sur les miennes.

Tes mots traversent le cyberespace pour se rendre jusqu'à moi. Tu m'écris que tu t'ennuies déjà de mes yeux noirs, et que tu aimes les surprendre lorsqu'ils se font rieurs, brillants, un peu coquins.

Tous ces kilomètres, entre nous, entretiennent notre hâte insatiable de nous revoir. Tard dans la nuit, nous ne dormons pas encore, incapables de quitter cet écran qui nous permet de lutter contre cette trop pénible distance.

Je laisse tomber mes paupières, chargées de désir, en imaginant l'effet de ta main sur ma peau...

Sur mon bureau, à côté du clavier, un verre de soda mousse et quelques grignotines en guise de victuailles nocturnes.

Tu te sens bien en ma compagnie, me confies-tu, si bien que tu cherches le moyen de te rapprocher davantage. Tu voudrais que je te rassure sur la réciprocité de tes dispositions favorables ; je ne tarde pas à te confirmer l'agitation que provoque en moi ta seule présence à mes côtés. J'ai pourtant des inquiétudes semblables aux tiennes ; j'ai cru remarquer, en quelques occasions — lorsque nous parlions de choses et d'autres —, un léger embarras, un bref moment de confusion, un filet d'hésitation qui passait furtivement dans tes yeux à la suite d'une confidence de ma part, et qui se dissipait sitôt que tu reprenais la parole. J'espère que ce ne sont que de fausses impressions ; tu réponds que ces ambiguïtés ne sont que la manifestation de ce que tu ressens pour moi, et qu'elles n'expriment que tes craintes restées jusque-là secrètes.

J'ai un peu peur comme toi, tu sais, du tourbillon de l'amour. Cependant une étrange désinvolture s'empare de ma volonté, et m'incite à m'élancer vers toi.

Ton sourire ne me quitte plus.

Le mien t'accompagne jusque dans tes rêves.

C'est presque trop de bonheur ; cela fait presque peur.

Mes vieilles blessures d'amour ne t'incommodent pas. Tu comprends mes douleurs et mes appréhensions ; tu partages les mêmes.

Sans le noir, dis-tu, on ne sait apprécier le blanc.

Tout me semble si étincelant de blancheur avec toi...

J'étale sur le lit le contenu de ma penderie.

S'amoncellent sur la couette les tissus aux couleurs et motifs disparates.

Une seule petite heure pour me faire coquette !

Tu es de passage à Québec, pour affaires, et me proposes un souper en ville.

Aucun détail ne doit être laissé au hasard.

Je veux être pour toi merveilleuse et sublime.

Quelques gouttes vanillées sur la nuque, et dernière les genoux.

Un voile de poudre sur les joues et du brillant sur les lèvres.

Des boucles parfaites dans les cheveux.

Mon cœur en émoi.

Et le désir de toi.

Nos coupes s'entrechoquent pour célébrer la nouvelle année.

Un feu de bois réchauffe nos sens.

Tes yeux brillent comme des perles d'eau de mer lorsque tu me regardes.

Tu confies, la voix un peu trouble, que tu me trouves aussi magnifique qu'à l'époque de notre adolescence.

Je rougis d'un timide plaisir.

Je n'ai pas souvenir d'avoir été vraiment jolie lorsque j'étais jeune ; c'est plutôt quelque chose qui est venu peu à peu, avec le temps, comme un fruit qui mûrit sur l'arbre et déploie sa pleine couleur.

« Il ne faut pas chercher d'excuses à ta beauté », me réprimandes-tu.

Une chaleur envahit ma poitrine.

Mes joues deviennent écarlates.

Je bredouille quelques propos confus pour te remercier de tes galanteries.

Au terme de ce repas qui se prolonge jusqu'au faîte de la nuit, tu m'invites, avec une charmante hésitation, à monter à la chambre que tu as louée dans un hôtel situé tout près, pour les besoins de ton séjour dans la capitale.

J'acquiesce, la prunelle scintillante.

Les corridors de l'hôtel sont déserts. Nous arpentons en silence l'interminable tapis rouge, et mes doigts s'accrochent aux tiens.

Tu es ma star. Je suis la tienne.

C'est un grand soir; notre soir de première. La fébrilité coule dans nos veines.

J'ai encore la douce mélodie de ta voix dans les oreilles, et le goût délicieux de l'alcool sur les lèvres quand les tiennes, humectées de désir, se posent avec fièvre sur les miennes.

Mon cœur est un feu de Bengale.

Tes doigts glissent dans mes cheveux.

Mes mains parcourent ton corps en cherchant ta chaleur.

Nos vêtements s'abandonnent au sol, les uns après les autres, jusqu'à ce que ta peau se confonde enfin avec la mienne.

Sur les draps, nos corps fougueux s'entremêlent.

Pur délice de volupté.

Nous sommes les impuissantes victimes d'une douceur ravageante.

Ta voix suave, tourmentée de plaisir, souffle dans le pavillon de mon oreille. Nos bouches s'abreuvent l'une à l'autre, et ne s'abandonnent plus jusqu'à l'aube.

Tu pars en voyage d'affaires, pour une semaine, dans l'Ouest canadien.

Tu n'es pas encore parti que je m'impatiente déjà de ton retour ; tu me manqueras davantage parce que tu seras encore plus loin de moi. Je sais pourtant que lorsque tu reviendras à Montréal, nous ne manquerons pas de créer une occasion de nous revoir.

Je chéris le souvenir de cette première nuit, ineffable, que nous avons passée ensemble. Il me tarde de savourer encore tes baisers, et d'être choyée par tes étreintes.

Tu prévois être très occupé pendant ton séjour là-bas. Tu as cependant réservé une journée de détente, afin de faire du ski dans les Rocheuses avec tes collègues. Ces quelques centaines de kilomètres de route qu'il te faudra parcourir, à l'ouest de Calgary, pour t'offrir une journée au grand air, combleront tout autant ton besoin d'évasion.

Tu devras, à ton retour, entreprendre les procédures légales de ton divorce. Francesca a déjà pris rendez-vous avec le médiateur pour les questions concernant la garde des enfants.

***

Du haut de ce collier de montagnes enneigées se déploie un paysage magnifique, à couper le souffle. Exalté, tu remplis tes poumons d'air frais et d'allégresse. Rendu au sommet, tu me téléphones de ton appareil mobile, afin de partager ton plaisir, et me dire combien le septième ciel sans moi — sans entendre du moins ma voix — est une chose inconcevable.

Quelle joie que d'entendre la tienne, enchantée, au bout du fil.

Tu me promets une photo souvenir, au sommet du Canada, la tête dans les nuages, avant de me rappeler ton désir de moi, et d'entamer une folle descente sur la déferlante blanche.

Te voilà enfin de retour.

Nous prenons, en toute simplicité, un sandwich et un verre de rousse au Bourbon Café. Tu me racontes tes moments de rigolade et ton grand contentement après tes palpitantes dégringolades sur les pistes enneigées du Lac Louise. Tu me décris à quel point toute cette blancheur, et cette agréable fraîcheur, donnent envie de communier avec la nature et d'entrer avec elle en quête de pureté.

C'est la saison du Carnaval qui tire à sa fin. Des adolescents circulent sur le trottoir, effigie de Bonhomme au col, ceinture fléchée, et longue trompette rouge à la main. Ils se font tapageurs. Leurs cris sourds traversent la paroi de vitre et troublent notre quiétude. Leur agitation contraste avec le calme de ces flocons fondants qui se déposent au sol avec grâce, et se dissolvent à son contact.

Les hôtels de la Vieille Capitale sont combles de touristes. Pour nous, une petite chambre dans un charmant couette et café de Québec, rue Marie-Rollet, modeste endroit aux accents champêtres en plein cœur de la ville.

C'est la fête des amoureux.

Nous célébrons.

Des chocolats par-ci, des chocolats par-là. Nous nous amusons à en faire apparaître partout. Je les cache dans la poche de ton veston, toi dans le bonnet de mon soutien-gorge ; j'en glisse un à la place du savon dans la douche, et toi dans mon porte-monnaie. Nous en trouvons jusque sous le pli des couvertures.

Je t'offre de délicieuses petites truffes : des perles fourrées au chocolat noir, si savoureuses que tu te plais à les laisser fondre sur ta langue.

Soirée de préliminaires chocolatés.

D'un air à la fois solennel et comique, tu m'embrasses en me guidant vers le lit par des mouvements de tango lascif auxquels je me soumets volontiers.

Tu m'incites à m'étendre sur le couvre-lit brodé de fleurs.

Tes lèvres gourmandes dévorent les miennes.

Entre deux rires, j'essaie d'esquiver tes baisers, mais tu te fais encore plus vorace. Puis, nos éclats de gaieté s'estompent peu à peu. Entre deux fusions de nos lèvres, ils deviennent soupirs puis gémissements.

Dans le silence de la nuit, nos cœurs battent la chamade. J'entends nos souffles arythmiques. Ta voix m'adresse des mots enflammés tandis que je discerne tout autour de moi l'ondoiement de ton corps dont la lampe projette l'ombre fluide sur les murs. Mes doigts se crispent sur les draps, et dans ta chair. Je ne résiste pas à mordre délicatement tes lèvres avant de replonger de plus belle dans cet océan de baisers humides. Nos silhouettes se fondent l'une dans l'autre, comme des vagues roulantes qui retournent à la mer, et se mirent dans le reflet des miroirs jusqu'au plaisir suprême.

Je ne suis plus celle que je croyais être.

Je suis une autre, jusque-là inconnue de moi-même.

Je suis celle que tu aimes, et que tu désires.

Tu m'inondes de toi, en un flot délirant de spasmes amoureux.

Le claquement d'une armoire refermée un peu brusquement nous pousse à entrouvrir les paupières. Quelques murmures, le crissement d'une chaise déplacée sur le parquet, puis le tintement d'ustensiles et de vaisselle qui s'entrechoquent nous indiquent qu'il est temps d'aller prendre le café à la cuisine. Nous longeons le corridor, guidés par l'arôme exquis des grains fraîchement moulus.

Des cadres anciens, accrochés aux murs, proposent des souvenirs en noir et blanc de la demeure à l'époque duplessiste. Il n'y a que peu de temps qu'elle est devenue la propriété d'un immigrant allemand et de son épouse québécoise l'ayant convertie en petit refuge pour touristes.

À mi-chemin de notre objectif, alors que nous observons avec intérêt ces photographies, nous entendons distinctement, au travers des murs, la conversation du couple de la chambre voisine.

Fous rires instantanés.

Il nous faut rebrousser chemin pour ne pas nous esclaffer devant les convives déjà attablés. Nous avons tous les deux imaginé ce que, pendant la nuit, avaient pu ouïr nos voisins de chambre à travers ces parois de carton.

Nous nous amusons de ces folies juvéniles.

Nous voilà tout de même confondus de gêne à la seule idée de prendre le petit déjeuner avec de parfaits inconnus ayant peut-être, à notre insu, partagé un peu de notre intimité.

Avec résolution, nous allons enfin à leur rencontre en nous mordillant l'intérieur des joues pour ne pas pouffer de rire. On nous accueille par des salutations accompagnées de sourires équivoques. Notre hôte — qui logeait au-dessus de notre chambre — nous demande, avec un adorable accent germanique, si nous avons bien dormi. Il laisse s'échapper un petit rire taquin lorsque, un peu timides, nous hochons tous deux la tête en guise de seule réponse.

***

Dès la première gorgée, le café se révèle exquis.

Nous garnissons nos assiettes d'œufs brouillés, de pommes de terre rissolées et de tranches de fruits frais.

Tandis que tu converses avec le propriétaire, en sirotant ton breuvage matinal, je te considère sous tous les angles. Je me passionne pour chacune de tes expressions. Je scrute avec attention chacun de tes mouvements.

D'un geste lent et souple, tu portes la tasse à ta bouche ; tes lèvres enserrent mollement son pourtour pour y puiser le délicieux liquide.

J'observe ton visage.

Je brûle pour ton sourire.

J'admire ces jolies dents, si blanches.

J'aime ce nez, légèrement busqué.

Je craque pour ces adorables fossettes qui se creusent dans tes joues lorsque tu souris. Je chéris tes yeux marron. Je suis folle de cet étonnant regard, avec des trésors cachés au fond de la pupille. Folle de ces grandes paupières fauve garnies de cils fins, et coiffées de sourcils noirâtres.

Dans cinq ans, dix ans, vingt ans — me dis-je —, tu seras toujours aussi remarquable, car ta véritable beauté émane de l'intérieur.

Je nous imagine, toi et moi, des années plus tard, nous baladant ensemble main dans la main, cheveux blancs, le cœur paisible, avec une galaxie d'étoiles dans les yeux.

Depuis que nos regards se sont croisés, je suis vierge d'amours passées.

Tu es mon premier amour.

Mon seul et unique amour.

Rien n'est plus merveilleux que d'être réveillée à l'aube par le soleil qui me chatouille le bout du nez, et toi à mes côtés qui, tout en sommeillant, esquisses un sourire de plénitude.

Une querelle avec Francesca, au sortir du bureau du médiateur.

Dans le stationnement, au milieu des voitures, vos voix volent en éclats de verre.

Lacérations au cœur.

Garde non partagée, stabilité, maison unique, droits de visite, un week-end sur deux ; le tourbillon de mille afflictions dont il te faut tenter de sortir indemne.

Ce n'est pas comme cela que tu avais imaginé ton avenir.

Tout s'effondre.

Tu n'oses plus croire en tes idéaux.

Mais… l'Amour ?

Dis-moi, y crois-tu encore ?

Tu te fais plus absent ces derniers jours, et t'en excuses.

Te voilà aspiré dans le gouffre de ta vie d'avant et de cette séparation qui tarde à être officialisée. Tu gardes en apparence le sourire et la joie de vivre, mais je ressens cette douleur que tu tentes de dissimuler, au fond de toi, tant bien que mal, par orgueil peut-être ou pour ne pas m'accabler.

Trois petites têtes blondes souffrent avec toi, et tu as peur de les perdre...

*Divorce* est un mot qui fait mal, surtout lorsqu'il s'impose de lui-même. C'est pour toi un terrible constat d'échec, un bilan de vie à faire, des valeurs à redéfinir.

C'est aussi un cœur en miettes, à replâtrer.

Il faut te relever, te reconstruire.

Je comprends cela ; je suis déjà passée par là, un peu avant toi.

Francesca, se montrant inexorable, a décidé de quitter Montréal et d'emménager avec les enfants à Québec. Tu es bien impuissant à l'en empêcher. Afin d'obtenir la garde partagée, cela t'oblige à quitter également la métropole et trouver un nouvel emploi dans la capitale. C'est un choix imposé, cependant tu te montres conciliant, car tu portes le coupable fardeau de cette rupture, mais surtout parce que tu ne saurais imaginer ta vie sans tes enfants à tes côtés.

Leurs ravissants sourires, leurs marques d'affection, les charmantes expressions de joie que tu vois naître parfois dans leurs regards, et leurs rires qui dégringolent en cascade ; tout cela t'est indispensable. Même la routine des repas familiaux, apparemment banale, et l'heure de la mise au lit, le soir venu, font partie de ton petit bonheur tranquille.

Tu as peur d'être dépossédé de tout cela.

En contrepartie de ces grands désordres, tu te consoles à l'idée que ce déménagement te rapprochera de moi, et que nous pourrons ainsi nous voir plus souvent. Tu demeures tout de même un peu inquiet de devoir assumer ces nombreux changements. Tout est si incertain, et t'angoisse malgré la sérénité que tu tentes de préserver au cœur de la tourmente.

Je voudrais pouvoir te rassurer, mon amour ; l'inconnu nous effraie toujours. Il faut avoir confiance et croire que ce qui arrive est pour le mieux. C'est le meilleur moyen d'accepter les aléas de la vie. Celle-ci se fait parfois dure, mais elle conçoit habituellement bien les choses, du moins l'ai-je toujours souhaité. L'important est surtout que les enfants se sentent bien malgré cette période de transition nécessaire. J'espère que malgré les frictions inéluctables à toute rupture, toi et Francesca saurez leur présenter, d'un commun accord, tous ces changements comme un beau projet pour eux, ouvrant la voie à de nouveaux horizons.

La vie, malgré les deuils qu'elle nous inflige, est un arc-en-ciel de possibilités.

Je sais, mon doux Camil, combien tu es inquiet, mais il faut lâcher prise et te laisser porter par les nouveaux desseins de ta destinée, sans tenter de tout contrôler. La vie est ainsi faite ; tant qu'on lutte contre elle, elle lutte contre nous. Il s'agit de t'y soumettre, et de la laisser t'indiquer la voie à suivre. Il n'y a jamais de choix à faire ; il faut suivre l'évidence, en toute simplicité, et c'est la plupart du temps la voix du cœur, et non celle de la raison, qui nous indique où elle se trouve. Je te prie donc, quoi qu'il arrive, quelque décision que tu aies à prendre, de faire selon tes envies, et non selon ce que tu crois qu'il serait plutôt raisonnable de faire. La raison ne nous gouverne jamais qu'avec les craintes qu'elle ressasse tandis que le cœur nous conseille d'après les rêves qu'il chérit en secret. C'est à lui — je te conjure de me croire — qu'il faut t'en remettre pour assurer ton bonheur.

Je sais bien, pour avoir subi plus d'une rupture importante, que tout ne se règle jamais du jour au lendemain, qui plus est lorsque des enfants sont en cause. Souvent, on arrive à se quitter en bons termes, mais quelque temps après les choses se gâtent, les conflits surgissent, plus complexes encore que celui qui avait causé la séparation. Chacun aurait besoin de tourner hâtivement la page sur ce passé qui l'aliène, mais la réalité lui impose ses contraintes. On quitte un homme, une femme, parce que la communication avec lui ou elle ne s'effectuait plus très bien, mais on se retrouve plus obligés que jamais au dialogue afin de régler le sort des enfants. C'est un paradoxe auquel on ne peut se soustraire, et qui constitue le ferment des discordes qui s'ensuivent.

Tu as déjà bien des soucis, mon amour, il ne faut donc pas t'inquiéter de moi outre mesure. Je comprends que tu aies besoin de recul pour bien réfléchir, et d'un certain temps avant de pouvoir te remettre de cette période trouble ; cela n'est qu'évidence.

J'espère que vous arriverez à bien vous entendre, toi et Francesca, et que les enfants ne souffriront pas trop des circonstances. Quoi qu'il advienne, tu dois considérer le fait que leur plus grand gage de bonheur est en réalité constitué des vôtres respectifs. Ils ont besoin de savoir leurs parents heureux ; c'est cela qui est — et sera toujours — réconfortant pour eux.

Petit restaurant du boulevard Saint-Laurent, à Montréal.

Atmosphère chaude, éclairage tamisé, quelques notes de piano.

Ton sourire fait vaciller ma flamme.

Une coupe à la main, nous nous inventons des poésies sensuelles.

Nous savons déjà quel délice sera notre dessert...

Nous ne terminons pas nos assiettes, trop empressés de quitter l'endroit pour nous retrouver enfin seuls, dans les draps de ton grand lit.

Dehors tombent des paillettes argentées.

Un papier est glissé contre le pare-brise de ma voiture, rangée en bordure de la chaussée.

Une contravention !

Alors que je la consulte en faisant la moue, tu t'empresses de t'en emparer sans vouloir me la rendre ; tu ne veux pas que je la paie moi-même. Tu te sauves et je te pourchasse autour de la voiture pour la saisir, enjambant avec difficulté les amas de neige côtoyant le trottoir. Tu sautilles, ici et là, tu hisses le bras et brandis ta prise bien haut dans les airs, hors de ma portée. Tu t'enfuis toujours un peu plus vite, puis rebrousses chemin sans crier gare afin de me surprendre par un franc baiser qui s'achève dans une explosion de rires.

C'est ton anniversaire.

La fête a lieu dans un bar du Plateau Mont-Royal. La vaste salle de spectacle aux allures de grand loft industriel, toute peinte de noir velours et ornée de draperies pourpres, propose une ambiance intimiste.

De nombreux copains de jeunesse sont venus célébrer. C'est un formidable retour dans le temps, un bond de plus de vingt ans en arrière. Et dire qu'à cette époque nous nous croisions, toi et moi, dans les corridors de l'école sans oser échanger une seule parole ou même un regard. Aujourd'hui, nous voilà réunis sans que nous ayons pu deviner, de tout ce temps-là, que le destin nous réservait ce bonheur.

Quelques-uns de tes amis, ainsi que tes frères, montent avec toi sur scène ; votre ardeur se propage à l'assistance. Je vibre au son de la musique et au diapason de ta voix qui m'interpelle à travers les textes de chansons.

Tu grattes fougueusement la guitare.

Tu joues de mes cordes sensibles.

Coiffé d'un Borsalino, portant un jeans délavé, un t-shirt léger et chaussé de Converse grises légèrement usées, tu apparais sur scène fort séduisant. Dans l'effet vaporeux et diapré des halos de lumières, débordant de couleurs chaudes, chacun de tes mouvements de hanches me rappelle nos folles et brûlantes nuits d'amour.

Tu es mon sex-symbol.

Je suis ta groupie silencieuse.

Je me mêle aux invités, et me laisse porter par la douce mélancolie de Radiohead dont vous interprétez avec brio quelques grands succès. Sur le parquet de céramique, les corps se meuvent en suivant la cadence sur les airs, ceux-là déjantés, du groupe The Clash.

Plus tard en soirée, la guitare électrique se fait lancinante, et le son de la basse devient vibrant et velouté. La musique vous possède, le rythme nous soumet à son agréable dictature, et les voix des uns se mêlent à celles des autres qui chantent haut et fort, avec vous, les refrains connus. Les inhibitions se dissipent avec les heures et l'alcool pour ne plus laisser place qu'à la douce folie de chacun devenue collective.

Je me joins, enchantée, à cet amusant délire.

À s'en rompre les paumes, tes parents — si fiers de leurs fils — applaudissent avec frénésie. Ils sont beaux à voir ensemble, toujours épris l'un de l'autre ; ils s'enlacent avec tendresse, bras dessus bras dessous pour vous contempler, une merveilleuse expression de satisfaction figée sur les lèvres. Je les considère du coin de l'œil, et les trouve magnifiques dans leur manière d'être si simples, et si complices ; trente ans déjà de vie commune, et toujours aussi amoureux. Qui eût cru, de nos jours, que ce puisse être une chose envisageable ? Leur éternelle candeur les distingue de tous ces couples blasés par les années, et cela les rend d'autant plus admirables. Depuis le berceau, ils représentent pour toi un modèle ; c'est comme cela que tu aurais voulu — et que tu voudrais encore aujourd'hui —, toi aussi, vivre l'amour. Je les estime sans doute autant que toi-même désormais ; ils font partie — tout comme tes frères — de ce que tu es devenu avec le temps. Autour de vous se répand une formidable joie de vivre. Vous incarnez pour moi le bonheur, tel que je l'ai toujours espéré possible.

Nous rentrons au petit matin alors que le soleil est déjà levé. Nous dormirons dans l'appartement de ton frère où quelques autres invités sont aussi reçus à la bonne franquette.

Tout le monde est claqué de la veille.

Quelle fête nous avons faite jusqu'à l'aube !

Edward ne tarde pas à s'endormir, bouche grande ouverte, sur le divan ; le sifflet aigu de son ronflement en atteste sans équivoque. Marc-Olivier, quant à lui calé dans un fauteuil de suédine, roupille déjà en silence, recroquevillé sur lui-même, la tête posée sur son chandail de coton molletonné.

Curt farfouille dans le rangement du sous-sol afin d'y quérir pour nous un matelas pneumatique, lequel à notre grand dam souffre de fuites d'air. L'épuisement nous en fait glousser de rire.

Nous sommes si fatigués que nous nous abandonnons malgré tout sur le flasque matelas posé sur le plancher du salon.

Avant de se retirer dans sa chambre, Curt ferme les rideaux afin que nous puissions nous réfugier dans la pénombre et trouver le repos.

Tu ramènes sur nous l'épaisse couverture de laine.

Ton corps se moule au mien.

Calme et sérénité.

Le sommeil nous envahit aussitôt.

Il doit être déjà midi.

L'endroit est silencieux ; il semble que tous dorment encore.

Je sens ta peau brûlante, collée contre la moiteur de ma chair. Je bouge un peu ; ton bras vient me prendre pour me ramener à toi.

Ton parfum attise mes ardeurs.

Discrètement, sous les couvertures, ma main t'explore. Tes sens, éveillés par les miens, répondent à mes caresses par de fiévreux baisers. Là, sur le plancher de bois, pendant que les autres sommeillent encore, nous faisons l'amour...

Ta main, sur ma bouche, alors que tu es profondément en moi.

Mes dents s'enfoncent dans tes doigts, pour mieux taire mon plaisir.

Elle éclate enfin, ma jouissance muette.

Et la tienne, simultanément.

Je te rejoins chez toi pour quelques jours, à l'occasion de la relâche scolaire. Tu m'accueilles dans ce bungalow de la Rive-Sud que tu as loué le temps de régler tes affaires familiales.

En cette ennuyeuse saison, près de trois heures de paysage bordé de congères charbonneuses longent l'autoroute, mais je m'en vais me réchauffer à ton soleil, et cela suffit à me rendre le trajet agréable.

Je n'ai pas encore appuyé sur la sonnette d'entrée que déjà tes lèvres s'écrasent sur les miennes. Tes bras m'entourent et me serrent très fort. Tu me soulèves dans les airs, incapable de dissimuler la joie que tu éprouves de me retrouver enfin.

Ma présence t'avait manqué.

Et la tienne, donc ! comme elle m'avait manqué à moi aussi...

Nous tournoyons de bonheur dans l'embrasure.

Les voisins d'en face nous remarquent par la fenêtre de leur salon, et nous observent avec le sourire. Les lèvres encore soudées aux miennes, tu refermes la porte et te presses de retirer mon manteau pour le plaisir de glisser tes mains chaudes sous mon chandail, et toucher enfin ma peau.

Mes bras forment une voûte autour de ton cou. Tu murmures quelques mots délicieux en appuyant ton front sur le mien. Ton regard baigne dans mes yeux éperdus d'amour.

La sonnerie du téléphone interrompt notre ferveur.

Tu m'embrasses encore un peu ; ta bouche ne veut plus quitter la mienne.

Ta main empoigne le combiné ; une requête de ton interlocuteur t'oblige à te replonger dans la besogne. Du bout des doigts, tu m'envoies un baiser pour te faire pardonner d'être sollicité au moment de mon arrivée. Je l'attrape au vol, et le dépose sur mes lèvres en fermant les yeux pour mieux le savourer.

Dans ma hâte de te revoir, j'ai devancé un peu l'heure prévue ; je dois encore attendre une heure ou deux avant que tu n'aies terminé ton travail.

Je te laisse vaquer à tes occupations tandis que je flâne sur le divan, allongée comme dans un hamac ; je feuillette quelques magazines et bouquins déposés sur la table du salon.

J'amène avec moi des airs de vacances, dis-tu, malgré la corvée qui t'incombe en ce moment. Le farniente te fait envie, et tu as hâte de terminer ton ouvrage pour paresser avec moi.

Installé à la table de cuisine, tu as posé le combiné du téléphone près de ton ordinateur portable. Des papiers traînent ici et là, un stylo et une calculatrice sont abandonnés sur un cartable ouvert, ton porte-documents trouve appui sur le dossier d'une chaise.

Le temps te presse.

Alors que tes doigts parcourent frénétiquement le clavier de ton ordinateur, je dépose devant toi un allongé encore fumant, puis je parsème ta nuque de baisers en glissant mes mains sous ta chemise.

Je voudrais faire l'amour, là, maintenant.

Délicieuse torture qui t'arrache un sourire.

Un effort de volonté me permet de patienter encore un peu ; j'entrevois déjà notre soirée qui sera sublime de volupté, et je m'en retourne jouer les bêtes félines sur le divan, en t'observant, l'esprit rêveur.

Avec quelque difficulté, tu tâches de te concentrer sur tes activités. Tu ne manques pas d'entretenir mon espérance de petits clins d'œil complices dispensés de temps à autre. Et moi, je soupire en tâchant de supporter le tourment que me cause ce délai obligé.

J'ai envie de toi.

Envie de nous deux.

Mon corps réclame que pour nous se confondent encore le ciel et la terre, le nord et le sud, tes lèvres et les miennes. Je me languis de nos étreintes, de nos souffles qui s'entremêlent et ne se distinguent plus.

J'essaie de chasser ces pensées qui n'ont rien de raisonnable, et je me plonge dans la lecture, cependant mon cœur d'adolescente frémit d'impatience à chacune de ces petites gâteries du regard que tu m'offres avec parcimonie.

Ô charmant bourreau.

Tu me fais me consumer d'attente, et je me soumets à ce doux supplice.

Ce soir, nous ferons l'amour, et je me droguerai encore de tes voluptés. Avide, je redemanderai d'y goûter encore et encore. Je voudrai prolonger ces heures démentes pendant lesquelles plus rien n'existe que nous deux.

J'ouvre les yeux.

Les tiens sont encore fermés.

Comme j'aime tes larges paupières mordorées...

J'y dépose un doux baiser qui t'éveille.

La conscience voguant entre deux mondes, tu m'offres un sourire confus.

Tes grands yeux de hibou sont de nouveau la proie du sommeil.

Ce matin, le temps nous appartient.

Mon corps s'ajuste au tien.

Ta chaleur me rassure.

Je me rendors, l'âme heureuse.

Tandis que tu es parti à un rendez-vous, je suis seule dans tes affaires.

Je retourne flâner au lit.

Mon regard évasif parcourt la pièce.

Sur la chaise, ta veste bleue est déposée par-dessus une chemise, une cravate est tombée par terre, quelques papiers ont été oubliés sur le coin d'une commode à côté d'une poignée de petite monnaie, la porte de la penderie est restée entrouverte.

Je souris, blottie au centre du matelas, sous la pesante couette.

Le silence me berce.

Je suis bien ; tes objets m'entourent.

C'est comme si tu étais là.

Je dormirais une vie entière dans ce lit imprégné de ton odeur.

Les échalotes roussissent et crépitent dans la poêle ; tu remues le mélange, à l'aide d'une cuillère de bois, afin de bien les enrober de beurre et d'huile d'olive. L'arôme se répand dans la cuisine et nous ouvre l'appétit. Je t'offre un verre de vin que tu sirotes en jouant les cuistots. Tu ajoutes les filets de truite mouchetée tandis que je t'observe, admirative devant ton savoir-faire.

Le soir descend et la pénombre se faufile dans chacune des pièces de la maison. Je tire les rideaux et allume un candélabre que je dépose sur la table. Duke Ellington nous accompagne de quelques notes de piano lénifiantes.

Nous causons, entre deux bouchées, et nos rêves partagés nous conduisent peu à peu sur la route des voyages. Tes évocations pensives me transportent du pôle Nord au pied des pyramides d'Égypte, et je me laisse aller à m'imaginer là-bas, en ta compagnie, devant un paysage à couper le souffle dardé de rayons de soleil, un sac de provisions sur le dos, une gourde dans une main et l'autre posée sur le front en guise de pare-soleil pour scruter l'horizon splendide.

Je veux aller au bout du monde, au bout de mes rêves, avec toi.

Je laisserai derrière moi les valises de mes vieux souvenirs, devenus trop lourds. Je ne prendrai sur moi que ton bonheur et le mien.

L'avenir nous appartient.

Sur le manteau de la cheminée se trouvent des photos de tes enfants. Divers bricolages sont aussi déposés çà et là, sur la tablette de bois, au gré de fantaisies enfantines, comme autant de porte-bonheur pour préserver ta confiance en des jours meilleurs. De petits mots d'amour ornés de dessins naïfs, tracés au crayon de cire sur des cartons de couleurs, sont épinglés sur un long fil de laine suspendu devant l'antre du foyer.

Les soirs de solitude, tu t'assois dans ce grand fauteuil de cuir sombre placé tout près. Dans la pénombre, tu écoutes le silence et observes le vide de cette maison qui n'est pas la tienne. Tu lèves le regard vers ces emblèmes qui se veulent réconfortants, mais ils ne rendent que plus cruelle encore l'absence de ces petits sourires qui ponctuaient auparavant ton quotidien. Les images se brouillent, ondulent, et se voient englouties par la marée haute de tes chagrins.

Tu te contentes ces derniers temps, les jours de semaine, d'entendre leurs voix dans le combiné du téléphone. Elles résonnent, le timbre clair, dans le creux de ton oreille ; ils t'embrassent à distance, le soir, avant d'aller au lit. Tu restes longtemps seul, ensuite, indolent sur ce même fauteuil, après que la ligne ait été coupée. Tu fixes de nouveau le néant ; tu repasses en mémoire les souvenirs des week-ends précédents, où l'un était occupé au salon à se cacher sous la tente improvisée, conçue à l'aide de nappes suspendues, tandis que les autres cavalaient dans la maison, à gauche et à droite, à la poursuite d'un cow-boy ou d'un Indien imaginaire.

Je me suis levée ce matin, mon doux Camil, avec l'idée de t'écrire un long et beau message. Un message à apprécier longuement, à laisser fondre sur la langue, un message à goûter, à déguster, parce que la distance encore une fois nous sépare, et il me semble que nos derniers courriels, tous beaucoup trop brefs, nous mettent à peine l'eau à la bouche qu'ils disparaissent aussitôt, nous laissant avec une sorte de petite déception que ce soit déjà fini.

C'est peut-être parce que j'ai peur de nous voir submergés par la lassitude des tracas quotidiens que j'entreprends de te dévoiler aujourd'hui plus franchement ce que je ressens pour toi, et que j'ai si peu l'occasion d'exprimer tant je cherche plutôt à me montrer attentive, lorsque tu as besoin de te confier, et à t'accompagner dans les moments difficiles des dernières semaines.

Je ne sais pas, Camil, quel est cet élixir d'amour que tu as mis dans mon verre ce jour où nous nous sommes enfin retrouvés, après toutes ces années d'absence, mais me voilà suspendue à tes sourires, et attachée à ta douce présence, toujours chaleureuse, réconfortante, et si généreuse envers moi. J'ai constamment hâte de te revoir et de respirer à nouveau cet oxygène au parfum de bonheur.

Pourquoi dis-moi, dans tes bras, suis-je si comblée ?

On dirait que j'ai enfin recouvré tout le bonheur d'être femme, entièrement femme, de chair et d'âme, dans les bras d'un homme.

« Quel beau début de journée... » m'écris-tu pour me remercier de ce charmant message que tu as lu, en savourant chaque mot, comme s'il était chuchoté à ton oreille.

Tu éprouves toutefois un peu de crainte devant cette passion qui nous emporte ; tu as l'impression de la chercher et de la fuir, de manière contradictoire. Tu as de la difficulté à bien saisir où tu en es, car tout est encore en mouvement autour de toi. Bien sûr, il y a des heures où toute question existentielle cesse d'être importune, comme lorsque nous partageons des instants d'agréable oisiveté ; c'est alors que tu te sens bien, comme en dehors du temps, et privilégié d'être à mes côtés. Tu apprécies ces moments, mais tu précises que tu n'as toujours pas trouvé le recul nécessaire à ton équilibre depuis ta séparation. Tu t'étais dit qu'il te fallait un temps pour apprivoiser la solitude avant de te réengager en amour, afin de laisser retomber un peu la poussière et réfléchir à ce que tu attends de la vie, et précisément d'une relation amoureuse.

Un étau me serre la gorge.

Je sais tout cela, Camil...

Néanmoins, je comprends mal ces soudaines réserves qui surviennent après de si magnifiques moments passés ensemble.

Une moitié de toi — vois-je à travers la bruine saline qui envahit progressivement mes yeux — te recommande de ne pas aller trop vite, et l'autre t'exhorte à te laisser porter. Tu dis pourtant que ma beauté et la fragilité de mon regard t'ensorcellent, que la douceur de ma peau, mon intensité, ma délicatesse et ma sensualité te font planer lorsque nous faisons l'amour, mais... tu te perds dans le labyrinthe des inconstances qui te gouvernent depuis peu.

« Où cette histoire nous conduira-t-elle ? » me demandes-tu.

Je ne le sais pas plus que toi, Camil.

Il me semble que je l'ignore maintenant.

Ce qui me semblait être une évidence me paraît désormais se muter en un mystère que je ne sais plus sonder.

Mais pourquoi donc es-tu venu à ma rencontre, ce jour-là, avec cet extraordinaire sourire aux lèvres — ce si terrible poison pour mon cœur —, pour te montrer ensuite rempli d'appréhensions ?

Mes yeux rougis fixent l'écran avec ressentiment.

Ô mon tendre bourreau... je suis mortifiée par ton amour.

Je comprends, malgré tout, que tu aies besoin de ne pas brusquer les choses. Je sais que tout va peut-être trop vite, et que tu as peur d'être aspiré dans une nouvelle relation sans avoir fait le deuil de la précédente. Je devine bien, malgré la douleur que cela me cause, que tu as possiblement besoin — même si tu n'en parles pas — de connaître d'autres femmes... ce qui serait légitime, après plus de quinze années de mariage. C'est peut-être d'ailleurs cette crainte, encore inconsciente ou simplement inavouée, de ne pas jouir pleinement de cette nouvelle liberté acquise qui réclame cette prudence de ta part.

Cette seule pensée m'attriste.

Je sais que tu as besoin de temps.

Moi, bien sûr, j'ai tout le mien.

Malgré la température froide qui sévit encore, en ce mois de mars, le soleil plombe sur la rue des Cyprès où je traîne, l'esprit songeur.

Tu te fais reclus, encore une fois, ces derniers jours.

Sous mes pas se fait entendre le discret crépitement du sable épandu pendant la saison hivernale sur l'asphalte usé. Celui-ci est blafard et poreux comme le sont devenues mes pensées depuis la lecture de ton dernier message.

Je conçois que beaucoup de préoccupations te gardent à distance, et je respecte ce besoin de solitude. Ta présence me manque, toutefois. Ton sourire, particulièrement; il est comme un petit soleil dans mes journées. Quand je ne le vois pas, c'est comme si le ciel se couvrait de nuages.

La bordure de la chaussée est parsemée, ici et là, de croûtes glacées; de larges cernes humides en redessinent les pourtours. La ville sort tranquillement de sa torpeur. Sur le parterre des maisons, les rayons ardents du soleil déchirent les congères caverneuses, lesquelles montrent les crocs à l'astre qui les ronge tout en les embrassant de sa douce chaleur.

Leur combat est semblable au mien.

J'entends leurs plaintes silencieuses.

Leur sang livide, semblable à de l'encre de Chine, se répand en minces filets d'eau et se faufile dans les fentes du pavé, maculant le trottoir de motifs zébrés.

J'emprunte la rue des Lierres qui conduit à la passerelle enjambant la rivière des Commissaires. Je m'arrête un peu, le temps d'observer le paysage. Je m'appuie sur la rampe de métal couverte d'une peinture grise qui s'écaille, invitant la rouille à se faufiler sous ses plaies ouvertes. Tout près, des lierres dégarnis s'agrippent à l'acier galvanisé d'une clôture ; ils sont comme moi, sans doute, qui m'accroche comme je le peux à notre histoire d'amour.

Je suis envahie par le doute.

Est-ce toi que j'aime ou la douleur d'aimer ?

J'ai le cœur en désordre.

Je baisse les yeux pour ne plus fixer que la rivière.

Je regarde l'eau couler sous le pont ; la croûte de glace brisée laisse entrevoir un filet d'onde claire.

Le cours d'eau frissonne sous son armure glacée.

Son chuchotis m'apaise.

Sur le chemin du retour, je décide de t'écrire quelques mots pour te dire combien j'aurais besoin de ton sourire, là, maintenant, pour faire fondre tout ce froid qui m'entoure et me givre le cœur.

Une réponse de ta part.

Une petite douceur pour mon cœur.

Tu me demandes de pardonner tes moments de silence, nécessaires cependant afin de te permettre de garder la tête froide. Tu crains de m'ennuyer avec tes affligeantes préoccupations. Tu t'affaires depuis quelques jours à évaluer les solutions avec le plus de discernement possible, et tu te vois contraint de régler nombre de détails techniques liés au divorce, à ton éventuel déménagement, ainsi qu'à la recherche d'emploi que la situation entraîne indubitablement. Tu ajoutes toutefois, à mon grand ravissement, que le souvenir de mon regard amoureux réchauffe tes jours, et que souvent — comme en ce moment — lorsque le temps et l'espace nous séparent, tu contemples des photos de moi pour mieux te rappeler mon sourire.

La privation de ma présence, écris-tu, te chagrine beaucoup.

Une autre petite friandise pour mon cœur.

J'éprouve en ce moment, plus que jamais, la crainte que ce tourbillon ravageur n'entraîne avec lui, vers les bas-fonds, la magie de notre passion ; mais je n'ose pas m'en plaindre, considérant que tu es déjà largement affligé par les contingences de ta situation, et que tu peines à garder la tête hors de l'eau. Je ne saurais te désespérer de notre amour en t'accablant de réflexions qui ne concernent que mon besoin, sans aucun doute futile, d'être sentimentalement rassurée.

Mon désarroi n'est rien, je l'estime, en comparaison du tien.

Tu ajoutes à ta lettre d'autres mots, ceux-là plus tendres, me révélant que tu as envie de caresser le satin de ma peau, que tu as soif de mes baisers mouillés. Néanmoins, précises-tu, malgré cette pulsion qui t'anime, tu constates que rien n'est simple dans ta vie en ce moment, et que bien des choses doivent être rangées à leur place, dans les tiroirs de tes souvenirs ; c'est le temps du grand ménage intérieur. Tu considères qu'il est honnête, quoique désobligeant peut-être, de me rappeler que tu n'es pas prêt encore à repartir au large, sur le voilier des amours sujettes aux caprices du vent, lequel parfois, malencontreusement, tourne mal.

Tu as peur de cela... et ne veux pas précipiter les choses.

J'appréhende la suite de ta lettre.

Mes lèvres se crispent et mes yeux s'empourprent.

Tu tentes d'y voir clair, de redéfinir ce qu'est — ce que *doit* être dorénavant pour toi — le bonheur. Tu tâches de penser à celui de tes enfants, avant même le tien peut-être, parce qu'ils représentent ton plus grand trésor en ce bas-monde. Tu veux les laisser se remettre de ce récent naufrage, leur permettre de réapprivoiser l'eau, peu à peu, et les laisser respirer l'air du grand large avant de leur présenter une nouvelle compagne.

Tu as l'impression d'avoir rencontré une femme absolument merveilleuse, m'assures-tu, mais... peut-être un peu trop tôt.

En même temps, tu admets avoir besoin de ces agréables moments de douceur, de fougue et de tendresse dont tu te délectes à chacune de nos rencontres. Tu voudrais les revivre, encore et encore, sans que le temps ne s'arrête jamais. Malgré les inconstances et les doutes qui t'assaillent, tu aimerais que nous puissions continuer comme cela, encore un peu. Tu ne peux vivre que l'instant présent, sans trop penser à l'avenir qui t'effraie toujours autant.

Pour toi, il n'y a plus que cela de vrai et de tangible : le moment présent.

Le futur, tout comme le passé, n'est plus pour toi qu'un leurre.

Tu pries mon indulgence et fais le vœu, pour nous deux, de pouvoir jouir au jour le jour des occasions où nous pouvons être l'un tout près de l'autre sans penser au lendemain. Tu prônes la franchise et la sincérité dans l'expression de nos sentiments. Tu ne voudrais pas que nous nous privions de ces plaisirs, et tu souhaites que nos attentes respectives soient claires afin qu'aucun de nous deux ne soit blessé ou déçu.

Sans redouter les engagements, tu admets ne pas connaître encore la direction que tu dois prendre.

Tu es au carrefour des incertitudes ; tu cherches le bonheur.

Ne t'a-t-on jamais dit, mon amour, que le bonheur n'est pas une destination, mais une manière de voyager ?

Mon silence t'inquiète.

Tu redoutes de m'avoir froissée par ta franchise, et réclames de ma part quelques mots rassurants. Cette légère angoisse que tu exprimes m'attendrit. Je t'écris, mais crée une certaine diversion pour ne pas te parler des miennes. Je garde le silence sur ce serrement au cœur que m'a causé la lecture de ta dernière lettre.

Je te rassure en t'écrivant qu'il ne faut pas t'alarmer lorsque mes messages tentent de s'espacer les uns des autres : je crains que le plaisir de nos prochaines retrouvailles soit amoindri du fait que l'occasion ne t'ait été fournie de t'ennuyer au moins un peu de ma présence et de la désirer vraiment.

Cela te fait sourire.

Tu m'assures qu'aucune privation n'est nécessaire au maintien de ton désir ; ton esprit prend déjà plaisir à se nourrir de mille fantaisies tirées de nos rencontres précédentes. Tu imagines la fusion de nos regards, de nos rires, de nos corps ; cela suffit à mettre tous tes sens en émoi, et ajoute amplement à la hâte de me revoir. Mais moi, en redoutable capricieuse, je te fais languir, parce que j'aime que tu me désires...

Je conçois bien, mon doux Camil, le fait que tu ne sois pas disposé à présenter une nouvelle femme à tes enfants. Je ne voudrais pas que tu t'inquiètes à ce propos. Le temps te le soufflera à l'oreille lorsqu'ils seront prêts à quelque chose de nouveau. Au fil des conversations que tu auras avec eux, peu à peu, tu seras à même d'observer leur ouverture en ce sens. Je sais bien que quelque part cela nourrit tes appréhensions envers l'amour. Il faut savoir cependant que les enfants recèlent des facultés que les adultes ignorent ; ils sont parfois bien plus capables qu'on ne le pense d'envisager la nouveauté. Peut-être seraient-ils soulagés, contrairement à ce que tu redoutes, de savoir que leur père a un nouvel amour, un cœur auprès duquel se réchauffer, en ces temps qu'ils devinent pénibles pour lui, malgré tout ce que tu tâches de leur épargner à propos de tes tourments. Mais peut-être, à bien y réfléchir, crains-tu de te rendre coupable à leurs yeux de t'autoriser des bonheurs alors qu'ils traversent le deuil de leur famille désunie.

Je suis en voiture.

Florent Pagny chante *Savoir aimer* à la radio.

Je monte le volume.

C'est une belle chanson.

C'est devenu mon credo amoureux depuis que je l'ai découverte, il y a quelques années. Encore aujourd'hui, lorsque je l'écoute, elle me fait verser des larmes.

*Savoir aimer*
*Sans rien attendre en retour,*
*Ni égard, ni grand amour,*
*Pas même l'espoir d'être aimé*

Des sanglots se nouent dans ma gorge.

Je crois que je ne sais pas — ou plus très bien — ce qu'est l'amour. J'ai été trop mal aimée dans ma vie, peut-être, pour le savoir vraiment. J'ai toujours tenté d'aimer de cette manière, pourtant, parce que l'amour me semble devoir être un havre de joie et de paix qui n'a de prix que lorsque l'on s'y trouve librement, et non sous la contrainte, de quelque nature qu'elle soit.

Les engagements ne valent rien si ce ne sont ceux du cœur.

Mais... le cœur est changeant.

Aucune certitude n'est jamais possible.

*Savoir attendre,*
*Goûter à ce plein bonheur*
*Qu'on vous donne comme par erreur,*
*Tant on ne l'attendait plus.*
*Se voir y croire*
*Pour tromper la peur du vide*

Du revers de la manche de ma veste de laine, dont les poignets lâches dépassent de mon manteau, j'essuie une larme qui perle sur ma joue, glisse lentement puis s'immisce entre mes lèvres gercées par le froid.

Arrivée à un croisement de rues, je fais mon arrêt obligatoire. J'ai du mal à distinguer le conducteur de la petite voiture rouge qui passe devant moi tant j'ai la vue embrouillée et les paupières gonflées de chagrin.

J'embraye ; la voiture étouffe.

La vieille dame au chapeau de fourrure de la BM qui se trouve derrière moi klaxonne.

Je grimace, d'affliction plus que d'agacement ; je redémarre.

*Savoir souffrir*
*En silence, sans murmure,* préconise Pagny,
*Ni défense ni armure*
*Souffrir à vouloir mourir*

Je replonge dans mes pensées.

*Et se relever*
*Comme on renaît de ses cendres,*
*Avec tant d'amour à revendre*
*Qu'on tire un trait sur le passé.*

Je mets le clignotant, et tourne machinalement à la rue suivante.

Je me dis qu'il n'y a pas d'autre choix que de prendre la vie comme elle vient, ce qui n'empêche pas, par moments, d'avoir peur de perdre le peu qu'on a, ou que l'on croit avoir, peur de se retrouver, encore une fois, devant une oasis qui disparaît dès qu'on aspire à y boire.

*Apprendre à rêver*
*À rêver pour deux,*
*Rien qu'en fermant les yeux*
C'est tout de même beau, une oasis.
C'est du rêve, au beau milieu d'un désert.
*Apprendre à rester.*
*Vouloir jusqu'au bout*
*Rester malgré tout*
J'avale difficilement ma salive.
*Apprendre à aimer,*
*Et s'en aller,*
*Et s'en aller...*

Exaspérée, j'appuie sur le bouton du lecteur de disque compact et coupe ce moraliste d'un refrain bien entamé de Dave Matthews Band.

Je monte le volume, encore plus fort.

J'essuie une dernière fois ma joue, de tout mon avant-bras, pour effacer mes larmes. Et je contrains ma cervelle à faire diversion en tentant de fredonner des paroles dont j'ignore l'essentiel.

Matinée de paresse, au creux de tes draps défaits.

C'est une force mystérieuse qui me ramène toujours à toi, et que je suis impuissante à combattre.

Ton sourire m'invite à me blottir contre ton torse nu.

Ce n'est que dans tes bras, mon amour, dans le creux de ton cou, mon souffle sur ta gorge, que je trouve refuge contre les aléas de l'existence ; j'oublie tout ce qui précédemment m'occupait l'esprit, et je ne suis plus rien d'autre qu'un cœur qui aime, comme jamais il ne lui avait été donné d'aimer auparavant.

Tu souffres d'insomnie.

Tu te relèves, et t'installes devant ton ordinateur pour m'écrire à quel point tu as apprécié les derniers jours que nous avons passés ensemble. La simple évocation de ces moments te fait du bien lorsqu'à certaines heures, comme ce soir, tu te sens plutôt morose. Tu as l'impression d'être en train de perdre tes enfants, ces derniers jours ; en toi s'affermit la rage de te faire damer le pion par leur mère, et cela te rend presque malade de tristesse et d'impuissance. Tu te sens dépassé par les événements qui s'amènent, tel un tsunami, et menacent de t'engloutir.

Tu as hâte de retrouver le confort de tes petites habitudes, avec moins de contrariétés, comme ce déménagement inévitable qui s'en vient sans que tu ne saches encore comment il se réalisera, sans tous ces soucis que tu te fais pour ce nouvel emploi que tu dois trouver à Québec, et qui doit te permettre de conserver assez de temps pour tes enfants. La perspective d'avoir à assumer l'encadrement parental de manière indépendante, une semaine sur deux, te conforte autant qu'elle t'effraie.

Tu es ennuyé par cet épisode d'incertitude dans lequel tu baignes. Tu as le sentiment de m'imposer mille inconvénients contre ta volonté, et tu me remercies de me montrer, envers toi, si patiente et compréhensive. Tu veux te retrouver, te fixer bientôt. Tu aspires à être enfin toi-même, avec une maison qui soit accueillante, qui te ressemblera, et où tes enfants retrouveront aussi une partie d'eux-mêmes. Tout cela viendra inéluctablement, décrètes-tu, comme pour mieux t'encourager toi-même et garder confiance, mais ce soir tout cela te semble improbable en regard du peu d'énergie dont tu disposes. Penser à moi te réconforte, me confies-tu, avant de signer ton message et de retourner au lit dans l'espoir de trouver sinon le calme, du moins le sommeil.

Tu m'as également manqué, hier soir, au moment de me mettre au lit.

J'aurais eu besoin de ta présence apaisante pour me laisser aller au sommeil. Je réalise qu'alors que je supporte, tout comme toi, de petits épisodes insomniaques, je n'en ai souffert aucunement chaque fois où je me suis assoupie à tes côtés.

L'amour est une panacée.

Il ne faut pas, mon chéri, te laisser envahir par l'angoisse. Tu sais bien que celle-ci ne changera rien aux événements. C'est pourtant normal d'en ressentir les effets désagréables lorsqu'on se trouve devant l'insondable, mais il faut avoir confiance en la vie ; elle dispose toujours sur notre chemin ce dont nous avons besoin.

Essaie de rester serein, et de considérer les choses avec un brin de philosophie.

Je sais que les guerres éclatent souvent à la suite d'un divorce parce que nous prenons les armes et que nous adoptons une attitude soit offensive soit défensive. Cependant, il ne faut jamais oublier que l'on récolte toujours, tôt ou tard, ce que l'on sème. Il est encore temps pour vous deux, Camil, de brandir le drapeau blanc pour le bien de vos enfants, de vous montrer ouverts au dialogue, et désireux de trouver les solutions les plus acceptables pour tous.

Rien n'est jamais perdu d'avance.

Je sais que ce n'est pas facile.

Je sais aussi que cela exigera un certain temps. Il faut néanmoins que cela se fasse dans le respect et, si possible, dans l'affection que vous avez encore l'un pour l'autre, toi et Francesca, malgré votre séparation.

Quant à moi, je crains de plus en plus la nature de ces sentiments qui nous lient l'un à l'autre. Car moi aussi, Camil, j'ai peur de cet amour qui me domine et me bouscule. Par moment, je voudrais pouvoir te dire que je t'aime, mais... les mots se morcellent dans ma gorge dès que je tente de les prononcer.

Tu aimerais me réconforter, m'écris-tu, en me disant que tes désirs et tes sentiments sont limpides, et que tu es enfin prêt à t'investir, mais tu sais en ton for intérieur que tu n'en es pas là encore. Il y a tout un panorama d'incertitudes devant toi, et pour cette raison tu as peur toi aussi de t'attacher. Seulement, tu ne peux pas te résoudre à remettre notre histoire à plus tard, et attendre un peu que les circonstances nous soient favorables, parce que tu aimes trop être avec moi, et que tu veux profiter de tous les instants qui nous sont donnés de vivre ensemble. Tu ne voudrais pas paraître cupide de chercher ainsi à préserver ces moments, malgré ta situation instable, mais tu oses m'en faire part, et me rappelles que tu espères que cela puisse me convenir, du moins pour l'instant.

C'est un week-end aux airs de printemps hâtif.

L'odeur de la neige qui se liquéfie, le long des rues du quartier Hochelaga-Maisonneuve, rafraîchit l'oxygène qui nous chatouille les narines. Nous allons rejoindre ton frère Curt et sa copine Isa qui nous invitent à passer quelques jours dans leur chalet des Laurentides. Le coffre arrière de la voiture est plein à craquer en prévision du séjour ; nous nous résignons à laisser certains de nos effets personnels à l'appartement de Curt afin d'éviter d'être surchargés.

Nous parvenons sur les lieux après plus d'une heure de route. À peine avons-nous enjambé la portière de la voiture, pour mettre le pied dans cette contrée encore très enneigée, qu'un petit épagneul râblé — appartenant probablement à un voisin — nous accueille en tournoyant et piaffant autour de nous, comme s'il nous connaissait depuis toujours et qu'il avait attendu notre arrivée avec grande hâte.

La construction de bois rond, érigée sur un monticule de pierre, surplombe l'admirable étendue d'un lac encore couvert de glace et saupoudré de blanc ; paisible paysage se laissant contempler sur fond d'arbres squelettiques et de quelques conifères trapus aux bras chargés de neige.

Tandis que nous sortons du coffre les vivres achetés en route, le chien s'arrête, s'assied sur le sol de froide mousseline, et agite fébrilement la queue en inclinant la tête, nous observant à l'œuvre en train d'aller et venir entre la voiture et le chalet. Puis, avec enthousiasme, il s'élance vers nous à folle vitesse, et se frotte avec insistance à nos pantalons — y laissant des centaines de poils fins accrochés aux fibres du tissu — en quémandant avec insistance des tendresses que nous nous empressons de lui accorder. Sa robe tachetée de marron devient tout ébouriffée sous l'abondance de nos caresses.

Taquin, il tourne autour de toi pour te défier, puis se sauve en gambadant dès que tu tentes de le cajoler. Lorsqu'il constate que tu regagnes la voiture, il revient vite solliciter ton attention pour s'enfuir sur le champ, t'invitant à le rejoindre sur la butte enneigée où il grimpe à la vitesse de l'éclair.

Tu tentes de rattraper le petit espiègle, mais tes pas s'enfoncent dans la neige et tu n'arrives pas à te rendre jusqu'à lui. Le fanfaron lève la gueule au ciel, et aboie pour te narguer. C'est avec le sourire fendu jusqu'aux oreilles, et d'un grand geste de la main que tu déclares forfait.

Lorsque nous entrons enfin dans le cottage, l'animal s'installe un temps devant l'entrée, l'air d'attendre que nous revenions jouer avec lui. C'est avec dépit qu'il finit par s'éloigner, non sans se retourner avec un frisson d'espoir dès qu'il entend un bruit provenant de l'habitation.

Par la fenêtre, nous le regardons s'éloigner avec regret.

Déjà, sous le poids de la pénombre, le soleil s'affaisse dans le ciel qui ressemble désormais à un immense pétale de rose.

Curt allume le foyer de bois, puis ouvre une bouteille de Bordeaux tandis qu'Isa nous propose un pain baguette et des fromages. Chacun s'affaire à préparer le repas, l'un coupant les légumes, l'autre passant la salade sous le robinet tandis que tu concoctes pour ta part une marinade pour la viande et que ton frère, quant à lui maintenant préoccupé par l'ambiance, joue les disc-jockeys avec son ordinateur portable qu'il branche sur de vieux haut-parleurs rapatriés de la ville.

Le repas s'avère délicieux, bien arrosé, et la soirée se prolonge auprès du feu, au son de la guitare et des chansons que fredonne Curt entre deux anecdotes racontées avec un humour qui, le vin aidant, sollicite allègrement nos abdominaux.

Je crois n'avoir jamais tant ri.

La conversation nous conduit peu à peu sur les sentiers de votre enfance, d'où ressurgissent les souvenirs que vous chérissez, et qui témoignent de votre prodigieuse complicité.

Je me sens privilégiée de partager ainsi vos petits et grands secrets.

Isa, bien sûr, les connaît déjà tous presque par cœur, et se contente de vous écouter silencieusement relater vos chroniques enfantines alors qu'elle se prélasse dans le hamac-chaise de coton multicolore suspendu aux poutres de bois. De vos premières querelles de gamins à vos premières histoires d'amour, le panorama de votre jeunesse se dresse en une fresque nostalgique aussi attendrissante que divertissante. Curt entreprend de me raconter comment votre frère cadet vécut une extraordinaire histoire d'amour, alors que pendant des années il fut éloigné de la jeune fille pour laquelle il soupirait discrètement, sans oser déclarer sa flamme ; il ignorait qu'elle rêvait aussi de lui en secret, et qu'elle se nourrissait de souvenirs collégiens qu'elle chérissait depuis qu'elle avait quitté cette école où elle avait fait jadis sa connaissance. Ce n'est qu'une décennie plus tard que la vie, par un curieux hasard, les réunit enfin, et que leur patient amour fut assumé et dévoilé au grand jour.

Vos voix enthousiastes s'entremêlent pour me raconter la finale et s'enquérir à savoir si je ne trouve pas formidable, tout comme vous, cette singulière histoire d'amour qui trouve depuis sa place dans la légende familiale.

Un hochement de tête ému et mon sourire attendri confirment mon assentiment ; cependant plus encore que la beauté de l'histoire elle-même, c'est votre attendrissement, vos élans romantiques, et la passion que vous investissez dans sa narration qui en font dès lors pour moi une histoire hors du commun.

La nuit est désormais bien installée dans les Laurentides.

Isa, qui dodeline depuis tout à l'heure, décide d'aller enfin se mettre au lit. Son pas lourd fait craquer les planches de l'escalier qui mène au matelas sur lequel elle se laisse choir dès qu'elle arrive au deuxième.

J'ai besoin de me réhydrater ; la tête commence à me tourner sous les vapeurs de l'alcool. Quelques étourdissements m'assaillent au moment de me lever pour me rendre à la cuisine afin d'y chercher de l'eau.

Le décor se met à valser.

Je tangue et crains de défaillir.

Curt me demande si je vais bien, sans obtenir de réponse. Je m'approche du canapé où je me rassois aussitôt ; je ne trouve que des paroles confuses pour exprimer mon malaise subit.

Tu te précipites à ma rencontre, t'enquiers de ce qui ne va pas. Sans même que j'aie pu balbutier quelque chose, tu m'invites à m'étendre sur le divan recouvert d'une laine grise.

Je regrette de bouleverser le cours si agréable de la soirée pour quelques nausées qui devraient rapidement passer, du moins je l'espère.

Ta voix me murmure de ne pas être honteuse, et de cesser de me confondre en excuses. Tu me bordes d'une chaude couverture, en me sommant de ne pas me préoccuper des inconvénients, et m'assures que la soirée tirait de toute manière à sa fin.

Me voilà incommodée par des bouffées de chaleur ; je repousse la couverture qui, réconfortante il y a quelques minutes à peine, m'oppresse désormais. Tu me suggères d'aller dehors afin de respirer un peu l'air frais ; j'acquiesce, sentant qu'un peu d'oxygène me fera du bien. Tu empoignes prestement ton manteau, puis m'aides à enfiler le mien. Tu poses l'épaisse couverture sur mes épaules, et m'accompagnes sur le grand balcon où quelques chaises de bois — que tu t'empresses de déblayer de la neige qui les recouvre — nous accueillent confortablement.

Tu ne te rends pas compte, Camil, de toutes ces petites choses que tu fais, et qui m'apparaissent si admirables ; aucun homme à ce jour, je t'assure, n'a pris soin de moi de manière aussi vigilante. Cette façon d'être si courtois avec moi, et cela avec une telle simplicité, m'émeut et me fait infiniment de bien.

Je vais déjà mieux, grâce à tes petites attentions et cet oxygène revigorant.

Tu me souris, et pointes le firmament pour me faire admirer le velours noir constellé de petits diamants qui se déploie au-dessus de nos têtes.

La douce brise du dehors me caresse les joues.

Je ne tarde pas à témoigner de ma reconnaissance en me blottissant au creux de tes bras, sous la bienveillance des étoiles.

Tu es une perle, mon doux Camil...

Comment ne serais-je pas déjà amoureuse de toi ?

C'est la nuit.

Je suis en proie à l'angoisse.

J'essaie de dormir, mais je n'y parviens pas.

Si je m'assoupis un peu, ce n'est que le temps d'un cauchemar.

Une fausse sonnerie de téléphone me réveille abruptement au milieu de cet inquiétant silence nocturne.

Je m'assieds dans le lit, au cœur de la pénombre, les cheveux ébouriffés, les yeux pochés, le dos courbé sous le poids de la fatigue qui m'accable. Un mince filet de lune se faufile par le rideau entrouvert, tranchant de son épée blafarde l'amas de couvertures repoussé au pied du lit.

Un frisson glacial me parcourt l'échine.

Je me demande comment se passe ta nuit.

Je me lève pour regarder à la fenêtre.

Dehors, la froidure hivernale est revenue en force.

Ce n'était, ces derniers jours, qu'un faux printemps.

L'ennui me rend malade.

Presque une semaine, encore, sans nouvelles de toi.

L'aiguille de l'horloge tourne cent fois sur elle-même.

Je saisis, un peu hésitante, le combiné du téléphone.

Je me décide enfin à composer ton numéro. J'espère entendre quelques propos rassérénants au bout du fil. Les deux ou trois sonneries qui précèdent le moment où tu décroches me procurent des palpitations nerveuses.

Je t'adresse de confuses salutations lorsque tu réponds.

D'un air détaché, ta voix m'assure que tu as simplement eu une semaine complètement folle au travail, et que malgré tout le temps que tu y as investi, tu n'arrives pas à suffire à la tâche. Mais encore, s'il ne s'agissait que d'une surcharge de besogne, déclares-tu, seulement tu n'y crois plus à ce détestable boulot. Tu sens que cet emploi consume tes énergies, et ne t'en laisse guère pour toutes ces batailles personnelles que tu dois mener. Tu as l'impression, au fond de ta tranchée, d'être aspiré par des sables mouvants. « Il faut que je me sorte de là... » réfléchis-tu à voix haute.

Je t'écoute, sans rien dire.

J'imagine que tu as davantage besoin de ma compréhension que de ma présence.

Je n'ose plus te confier mes frayeurs de la nuit dernière.

Pendant que tu me parles, je m'enfonce dans le fauteuil de mon bureau de travail, et d'un stylo au débit d'encre défectueux, je griffonne sur une enveloppe des lignes brisées qui pourfendent un cœur aux formes irrégulières.

Ces jours-ci, tu cogites beaucoup, peut-être trop, t'inquiètes-tu. Tu te sens envahi par les difficultés, tu peines à garder la tête hors de l'eau ; cela te laisse moins de temps pour songer à nous deux. Tu es désolé à l'idée que cela puisse m'affecter ; ce n'est pas ton intention que de me faire souffrir tes tracas personnels, et c'est précisément pour cette raison, me révèles-tu, que tu restais muet ces derniers jours.

Encore une fois, je sais tout cela, Camil ; mais je m'inquiète à propos de nous deux. Je n'en dis mot cependant, car tu as besoin plus que moi, sans doute, de propos apaisants. Je te réponds qu'il est de toute évidence le temps de changer d'emploi ; ton déménagement t'en fournira d'ailleurs l'occasion. Tout ceci n'est que temporaire, te dis-je, dans l'espoir de te tranquilliser un peu. Ce n'est qu'un vilain jeu auquel il faut t'adonner, le temps que les choses se replacent autour de toi. Pour en émerger, il ne faut pas trop réfléchir ; il faut plutôt sortir, te changer les idées, te faire plaisir, profiter du soleil, goûter au bonheur. Ce travail te semblera ensuite plus futile, et beaucoup moins pénible, jusqu'à ce que tu en aies trouvé un autre.

Tu marmonnes que j'ai raison, avant de faire diversion en me parlant de projets pour le week-end qui s'en vient.

« J'aimerais tellement être là, Camil, tout près de toi, moulée à ton corps afin de pouvoir te souffler à l'oreille combien, en cet instant précis, j'ai envie de toi... »

Un bref silence, au bout du fil, me procure des sueurs froides.

J'hésite... ai-je dit quelque chose d'inconvenant ?

« Et si la chose était possible ? » m'interroges-tu.

Mon cœur fait une triple pirouette.

Je reste perplexe, le temps de réaliser le sérieux de ta proposition implicite.

Tu auras affaire à Québec, demain dans la journée, m'annonces-tu, et tu décides spontanément de prendre un peu d'avance en venant passer la nuit à Québec où tu réserveras une chambre d'hôtel.

Je m'esclaffe pour exprimer ma joie soudaine.

Dans la plus grande des fébrilités, je consacre l'heure qui suit à brosser ma chevelure, enfiler des dentelles, me parer de mes plus beaux atours, choisir le plus adorable bijou, et m'envelopper d'une fine bruine de vanille en attendant ton arrivée avec impatience.

Tu es reparti vers Montréal, déjà.

La nuit d'hier fut des plus merveilleuses.

Pourtant, aujourd'hui, j'éprouve une terrible impression de vide intérieur.

Je marche dans les rues inanimées de la ville, malgré le temps humide et froid à en glacer les os.

Le printemps n'aura jamais été si austère.

Je ferme les yeux, pour y voir clair, et s'écrivent peu à peu sur mes paupières closes les mots que je dois t'adresser.

C'est après avoir beaucoup réfléchi que je me décide enfin à te faire parvenir ce courriel. Il m'aura fallu de la détermination pour oser te l'écrire, puis te l'acheminer ensuite, mais je sens, au fond de moi, que c'est ce que je dois faire.

Par le passé, je fus maintes fois celle sur qui l'on pouvait compter, celle qui restait dans les tempêtes, celle qui ramassait, s'il le fallait à la petite cuillère, les miettes d'hommes ébranlés par les aléas de la vie. J'étais cette sorte de mère Teresa toujours si bonne — trop bonne même —, prête à tolérer toutes les situations pour peu que je reçoive en retour un peu d'amour. Pourtant je te jure, à mon grand désarroi, jamais je n'ai reçu, au bout du compte, le centième de ce que j'ai moi-même donné par amour. J'ai le cœur trop fragile, maintenant, pour continuer à aimer de cette manière...

Mon cœur est de porcelaine.

Je suis consciente que tu éprouves, pour la femme que je suis, beaucoup d'attirance, d'affection et de respect, mais tu sais bien comme moi que le désir, la bienveillance et la reconnaissance ne sont pas le propre de l'amour ; ils n'en sont que les heureux compléments.

Je reconnais que tu es dans la tourmente, et que cela ne te permet pas de considérer tes sentiments avec le discernement que cela requiert, mais à l'égard de ceux-ci je dois dire que je ne te sens pas moins confus aujourd'hui qu'hier. J'éprouve en cette heure la pénible impression d'être piégée dans une situation qui se refuse à évoluer vraiment.

Parce que je t'espère heureux, mon tendre amour, je crains de nuire à cet espace de liberté dont tu as besoin pour mettre de l'ordre dans ta vie. Par ailleurs l'expérience, le manque d'amour et le besoin de survivre à la cruauté de ce dernier m'auront enseigné au fil du temps à préserver mon amour-propre pour ne pas sombrer dans la dissolution de moi et la dépendance à l'autre. C'est ce que je cherche aujourd'hui, le plus sagement possible, à éviter.

Je ne veux t'adresser aucun reproche, mais il me faut admettre, mon cher Camil, que tu n'es pas disposé encore à aimer une femme. Il est trop tôt, beaucoup trop tôt encore, pour cela. Tu en es malgré toi incapable, et c'est par la faute, bien sûr, de ces tristes circonstances qui t'affligent.

Je voudrais pouvoir t'aider à te relever, mon adoré, et pourtant je crains aujourd'hui de sombrer avec toi au fond du gouffre. Je ne suis pas sans savoir que l'on n'éprouve jamais qu'une langueur teintée de mépris envers ceux qui subissent notre tyrannie — fût-elle involontaire — et qui ont la faiblesse de s'y résigner et de la souffrir sans rien dire. On ne peut avoir de respect et d'admiration que pour ceux qui devant nous se tiennent bien droit, la tête haute, et poussent le courage s'il le faut jusqu'à nous quitter, et ce malgré l'amour, alors que l'on sait fort bien ne pas être tout à fait digne de leur attachement.

Je ne te sens pas disponible, Camil. Et peu à peu l'on dirait même que s'installe insidieusement entre nous une sorte de malaise du fait que nous agissons comme si nous étions un couple alors que, dans les faits, nous n'en sommes pas vraiment un.

Je t'aime — n'en doute pas un seul instant — et sache combien j'aurais envie de hurler sur tous les toits combien je suis amoureuse — follement amoureuse ! — et que j'ai enfin retrouvé grâce à toi le goût du bonheur alors que je n'y croyais plus, mais une crainte terrible, relevant de cette entente implicite qui nous lie, me rappelle chaque fois à l'ordre.

Je ne peux pas crier notre amour.

Les mots s'agglutinent dans ma gorge et étouffent ma voix qui se casse à la simple évocation de cet aveu.

L'amour me brise.

C'est de toute évidence m'aimer moi-même très mal que de laisser perdurer cette situation devenue malsaine alors que je sais par ailleurs toute la latitude dont tu as besoin pour te retrouver et faire le nécessaire bilan de ta vie. C'est pourquoi je pense qu'il vaut mieux que nous cessions de nous voir comme nous le faisons actuellement. Tu dois prendre le temps qu'il faut pour réorganiser ta vie en fonction de ce qui importe pour toi, pour ton bonheur. Tu dois régler tes choix en fonction de tes désirs, non en fonction des attentes des autres. Et pour y voir plus clair, il vaut mieux te retrouver seul, face à toi-même.

Tu ne sais pas quels sont les véritables sentiments que tu éprouves pour moi, me dis-tu, car tu es trop abasourdi par l'épreuve. Puissent ceux que tu ressentiras à la lecture de ces quelques lignes te renseigner sur la nature exacte de ceux-ci. Si ce que tu ressens pour moi s'apparente à de l'amour, j'imagine que tu me reviendras éventuellement. Dans le cas contraire, à quoi bon faire durer ce manège ?

Je ne veux pas être pour toi qu'une simple compagne de passage.

Je mérite bien mieux que cela, n'est-ce pas ?

Tu viens de rentrer dans ta voiture, au sortir d'une pénible journée. Tu prends connaissance de mon long message sur ton BlackBerry.

Tu restes abasourdi devant ces mots, inattendus, qui apparaissent à l'écran.

C'est un message qui frappe, t'empresses-tu de me répondre. Tu te sens déconcerté. Tout bouge encore une fois, autour de toi, sans que tu n'y puisses rien. Cette fois-ci, il est vrai que c'est par ma faute, et j'ai presque envie de m'en sentir coupable, cependant je sais trop bien que c'est un mal nécessaire.

Tu promets de me répondre après avoir relu mon courriel à tête reposée. Tu t'inquiètes toutefois de ce qui a pu provoquer cette réflexion depuis notre dernière rencontre. Tu espères sincèrement, ajoutes-tu, n'avoir rien fait qui ait pu me blesser à ton insu.

Je te sais fort occupé.

Je ne souhaite pas que tu t'empresses de me répondre ; tu le feras lorsque tu en auras le temps. Il n'y a pas d'urgence.

Dans le secret de mon cœur, j'espère sans oser l'admettre que tu éprouves au moins un peu la crainte de me perdre. Ce n'est pourtant pas la raison qui m'a amenée à te faire parvenir ce message, mais comme j'agis contre mes intérêts réels pour servir les tiens, j'ai encore du mal à faire taire ceux qui me gouvernent, car leurs visées me sont trop chères. Au fond de moi, j'aimerais savoir que tu te sens comme au bord d'un gouffre à la seule idée de me voir disparaître de ta vie.

Je voudrais tant, Camil, que tu me retiennes...

Je sais bien que tu as besoin de ce temps d'arrêt. Je te l'impose non seulement pour protéger mon cœur fragile de l'attachement que je développe envers toi, mais surtout parce je te sens si troublé que je me suis mise à craindre que tu aies la vue trop embrouillée pour y voir clair et distinguer ce qui pour toi serait le mieux.

Mon tendre amour, je te quitte parce que je t'aime.

Rassure-toi, rien de précis depuis notre dernière rencontre n'a donné lieu à cette décision ; tu n'as rien dit ou fait de particulier qui aurait pu me blesser ce soir-là. Je réfléchis à tout ceci, depuis un moment, parce que j'ai l'impression que quelque chose change peu à peu entre nous.

J'ai peur d'aimer à sens unique, Camil. J'ai vécu cela toute ma vie, et je ne peux plus vivre mes amours sous de tels auspices. Je ne sais pas, ne sais plus, ce que je représente pour toi. Tantôt je crois que tu m'aimes, tantôt que tu es indifférent. Tes pensées me sont devenues impénétrables. Il me semble que ce que tu révélais si spontanément au début de notre relation s'estompe déjà, peut-être en réaction à ce que moi-même je t'exprime de plus en plus candidement ; comme si ma prédilection pour toi avait quelque chose d'engageant, et que tu préférais t'y soustraire faute de te sentir prêt à l'assumer vraiment.

Je me le répète à moi-même sans cesse, pour obliger mon esprit à le considérer ; tu n'es pas disposé encore à aimer de nouveau. Je sais que tu as peut-être besoin de faire d'autres rencontres, pour mieux savoir reconnaître ce dont tu as besoin, mais moi alors je n'y serai déjà plus, mon amour. J'ai trop vécu cela avec le dernier homme que j'ai aimé avant toi, et je n'ai nul désir de le revivre encore une fois ; je ne veux pas en être le témoin affligé.

Je m'affole peut-être sous l'emprise de la contrariété, mais je n'ai pas envie d'être éconduite ne serait-ce qu'une fois entre deux aventures, dans l'espoir douloureux qu'on me revienne. Je suis bien mauvaise concurrente, Camil. Je n'ai pas l'esprit à la compétition. Je cède toujours ma place, stoïque, car l'orgueil — aussi mal placé soit-il — m'ordonne de tourner les talons dans ce genre de circonstances. Cette fois, je prends un peu d'avance, par anticipation, de peur de perdre la face devant une réalité que je redoute.

Tu ne réponds pas.

Pas maintenant.

Tu sais bien que j'ai raison.

Ô mon doux Camil, comment ne sais-tu pas que je souhaite avoir tort ? Comment ne sais-tu pas que j'aimerais t'entendre dire que ma folie jalouse me fait imaginer des scénarios et envisager des frayeurs qui n'existent nulle part ailleurs que dans mon esprit devenu confus par trop d'amour ?

Tu relis avec lassitude mon dernier message, et tu réalises que nous en sommes aujourd'hui à ce point de non-retour, bien que cela te soit difficile à admettre. Tu m'écris pour confesser qu'avec le recul auquel ma lettre t'oblige, tu constates qu'il est vrai qu'il t'est arrivé en certaines occasions de ressentir un inconfort lié au fait que notre relation ne soit pas bien définie. Tu n'avais cependant pas imaginé à quel point tes incertitudes nourrissaient les miennes, et combien j'avais besoin d'être rassérénée.

Bien sûr, pour me consoler — ou t'excuser peut-être — tu affirmes que je suis la plus belle rencontre que tu aies faite depuis longtemps, que j'ai ensoleillé ta vie, que je t'ai fait rêver, que j'ai entretenu tes désirs les plus fous. Tu renchéris en me confiant que tu n'as jamais été aussi aussi comblé, par tant de volupté et de sensualité, auprès d'une femme.

Tous ces mots, mon amour, qui devraient me réjouir, me causent aujourd'hui une douleur atroce, car je sais qu'il y a, à la suite de ces aveux, un *mais* qui doit suivre, et je le hais déjà.

L'autre soir, me rappelles-tu, nous étions à genoux sur le lit, l'un face à l'autre, nous caressant avec une infinie douceur. Le temps semblait suspendu. Il ne pressait plus. Ma chemise était entrouverte. Tes mains effleuraient la dentelle de mon soutien-gorge, puis tes lèvres parcouraient avidement ma nuque, mon cou et ma poitrine.

Tu te disais que ce moment était formidable.

Pendant que nous faisions éperdument l'amour, tu as eu envie de me dire: «Je t'aime».

Mais... tu ne l'as pas fait.

Tu me confies que ce n'était pourtant pas la première fois que tu en éprouvais l'envie. C'est là, insistes-tu, que réside tout le problème; quelque chose en toi — que tu ne sais nommer — freine cette pulsion. Une partie de toi prescrit de te fondre en moi tandis que l'autre décrète qu'il est trop tôt pour t'engager. Une voix intérieure te rappelle que tu as des choses à vivre pour toi-même auparavant, avant de pouvoir vivre une nouvelle relation.

Tu as peur de tes incertitudes.

Tu as peur des regrets.

Tu as besoin de t'évader de toi-même, de tout ce que tu as été ces dernières années. Tu cherches à t'explorer, te découvrir, te connaître.

Tu *sais* que j'ai raison.

Tu *admets* que j'ai raison: à mon grand désarroi...

Le chagrin qui oppresse ma poitrine, à la lecture de ces aveux, me rend la respiration pénible. Tu concèdes que tu le regretterais sans doute si tu ne prenais pas ce temps d'arrêt qui s'impose. Afin d'être sincère avec toi-même, tu reconnais que tu as besoin de sentir que tu as vécu des moments de complète liberté, aussi futiles et égoïstes soient-ils, pour ensuite fermer la porte derrière toi et penser enfin aux choses sérieuses, aux choses qui ont vraiment une valeur à tes yeux, aux choses qui ont toujours dicté ta conduite et qui sauront te définir à nouveau comme un homme amoureux au sein d'un couple.

Tu me remercies d'avoir provoqué cette réflexion, avec courage et franchise, ajoutes-tu.

J'éprouve un terrible vertige.

Mon cœur souffre d'arythmie soudaine.

Tu m'annonces que tu prends la décision de prendre ce temps, sans honte ni remords, et que tu es prêt à vivre avec les conséquences que cela implique.

Je reste muette.

J'avale péniblement ma salive.

Je suis idiote, peut-être.

J'entends ta voix, déformée par le temps qui décélère de manière atroce, qui me dit que je dois évidemment suivre mon cœur, moi aussi, de mon côté, et que je mérite d'être heureuse.

Mais comment, Camil… comment l'être sans toi ?

J'entre dans ma voiture.

Je conduis sans voir la route.

J'arrête au dépanneur de la rue des Platanes.

Je ne fume pas, mais j'ai soudainement besoin de cigarettes.

J'entends l'écho de ta voix qui me persécute en me répétant sans cesse que tu n'es présentement pas l'homme qui comblera mes besoins, peu importe ce que tu ressens au fond de toi.

Malgré l'amour, je te déteste.

J'allume une cigarette, les mains tremblantes.

Même si tu m'assures que je n'ai jamais été pour toi qu'une simple compagne de passage, et qu'au contraire je fus l'histoire d'une merveilleuse passion, cela ne change rien à la réalité, mon amour, mon adversaire ; notre temps est déjà expiré !

Je ne veux plus t'entendre quand tu me dis que jusqu'à ce jour j'aurai été ta flamme, ta passion sincère. Tout cela est terminé, déjà ! À quoi me sert d'entendre cela ?

Ma cigarette me donne la nausée ; je l'écrase par terre.

J'ai froid.

Je rentre dans la voiture.

J'appuie sur le volant ma tête devenue trop lourde.

Quelques larmes tombent sur mes genoux, et dessinent des ecchymoses sur mon jean usé. Où la vie me conduira-t-elle alors que ce n'est plus l'amour mais la tristesse qui m'aveugle maintenant ?

Le temps stagne.

Ma vie est glauque depuis le silence qui s'est installé entre nous.

J'ai les sentiments embrouillés, le cœur déjà rouillé.

J'essaie d'oublier, de me faire à l'idée, mais malgré moi, malgré tout, j'espère...

Je relis tes dernières lettres, et repasse en mémoire quelques bribes de nos dernières conversations ; je cherche des indices pour me permettre d'anticiper ton retour.

Tu me respectes, affirmais-tu dans l'un de tes messages, et m'aimes beaucoup trop pour manquer avec moi de franchise.

Ton respect m'accable, et me donne la nausée.

Autant rallumer une cigarette pour finir ce foutu paquet acheté hier, et oublier d'où me vient cette horrible lassitude.

C'est très difficile pour toi, m'écrivais-tu, de prendre cette décision.

Combien ce le fut pour moi de te quitter ! N'en as-tu pas idée ?

Je relis encore et encore ta dernière lettre. Je tente de lire entre les lignes ; je cherche des preuves de ton amour. Quelques phrases alimentent mes espoirs secrets. Tu écris que tu as l'impression de laisser aller un diamant dans un cours d'eau. Tu te dis que tu le retrouveras peut-être un peu plus loin, le long du même cours d'eau, au moment où tu seras en mesure de le récupérer et d'en prendre soin à sa juste valeur.

Oh Camil… je voudrais me laisser engourdir par ces belles paroles, mais je me ressaisis aussitôt; je n'y vois plus que des mots préjudiciables qui n'ont pour but que d'anesthésier ma douleur.

Pourrai-je guérir un jour de ton amour ?

L'amertume m'envahit.

Comme il faut être vil pour quitter une femme alors qu'elle vous a quitté la première, et la faire vous pleurer alors qu'elle espérait que vous-même la pleureriez ! Comme il faut être infâme pour amender sa lâcheté par de charmantes expressions et renverser les rôles de cette manière !

Tu me recommandes de ne pas t'attendre, car tu ne voudrais pas te montrer jaloux ou possessif.

C'est une charité qui me fait horreur.

Tu mentionnes qu'il est toutefois possible que tu frappes à ma porte dans un futur plus ou moins rapproché. Tu voudras alors que je te dise, à ce moment, où en sont mes sentiments envers toi et puis… et puis nous verrons bien, dis-tu.

Tu es désolé de ne pouvoir me rendre heureuse. Tu me souhaites le bonheur que je mérite tout en ignorant si tu en feras éventuellement partie. L'avenir nous le dira, affirmes-tu avec une apparente confiance qui n'a pour effet que de m'angoisser. Tu me conjures de prendre soin de moi, et tu m'embrasses pour une dernière fois.

Juste envie de dormir.
Tout est futile.
Même le temps qui passe.

Le timbre creux de ta voix résonne dans le combiné, et succède à ce long silence qui te semblait lourd à porter. Il y a des moments, admets-tu, où l'on se questionne, et où l'on songe à faire le bilan de notre vie ; tu es dans cette zone obscure de l'existence et, ce soir, tu te sens un peu stupide pour différentes raisons. Tu as décidé de me téléphoner parce que tu avais besoin de sentir un peu ma présence autrement que par le truchement de l'écran austère ; tu avais besoin d'entendre ma voix, confesses-tu.

Pourtant, en ce moment, je ne parle pas beaucoup.

Je t'écoute plutôt, taciturne, en réprimant d'une volonté ferme toute envie de te déclarer ma flamme qui pour toi brûle encore.

Tu bégaies un peu. Tu voudrais te faire pardonner pour les difficultés de notre relation, ainsi que pour les blessures que tu crains de m'avoir infligées contre ton gré. Pour te justifier, tu insistes en disant que tu éprouves un pressant besoin de régler tes affaires. « Je me sentirai mieux après, assures-tu, et peut-être plus disposé... »

Je reste silencieuse.

Après avoir beaucoup réfléchi, ces derniers jours, il te semble qu'il soit de plus en plus indispensable de fermer des portes derrière toi avant de pouvoir en ouvrir d'autres devant, poursuis-tu, réfléchissant à voix haute.

Je ne sais trop pour quelles raisons tu t'acharnes à réitérer tous ces constats affligeants, si ce n'est pour mieux t'en convaincre. Peut-être crains-tu que je ne saisisse pas l'ampleur de ton désarroi et que, ce faisant, je ne sache excuser la confusion dans laquelle tu te trouves ?

Aujourd'hui, m'apprends-tu, tu avais l'occasion de régler quelque chose d'important. Tu avais pris la décision de poser un geste concret et d'acheter la fameuse maison que tu avais visitée la semaine dernière, en banlieue de Québec. Tu t'étais empressé d'en rejoindre le propriétaire ; à ton grand dam, après quelques interminables sonneries de téléphone, ce dernier t'a appris qu'il avait vendu la maison quelques heures à peine avant ton appel.

Tu t'es senti envahi par le découragement. Aspiré au fond du gouffre. Peut-être est-ce pour cette raison que j'entends présentement ta voix au bout du fil...

Tu tentes de rester confiant, en supputant que tu trouveras mieux encore, sans aucun doute, en poursuivant tes recherches. Cependant, tu aurais aimé régler enfin au moins une chose, aujourd'hui.

J'entends ta voix qui se brise.

Tu es terriblement déçu d'avoir laissé une si formidable occasion te glisser entre les doigts. Cela contribue à cette désagréable impression que tu éprouves, ce soir, de faire une fois de plus partie de ce que tu appelles le *Club des cons*.

Mes yeux s'imbibent en pensant à l'amour.

N'as-tu pas le sentiment qu'il te file lui aussi entre les doigts ?

« Cette maison n'était pas la tienne, dis-je enfin, la voix éraillée, il ne faut pas regretter. »

Quelques larmes coulent sur mes joues, mais tu n'en sauras rien.

Je pleure tes déceptions.

Je pleure les miennes.

« Demain, déclares-tu enfin après avoir éclairci ta voix, ce sera ton anniversaire ! »

J'étais près de croire que tu l'avais oublié.

C'est à l'occasion de celui-ci, avant toute chose, que tu me téléphonais, m'assures-tu. Tu voulais être le premier à m'adresser tes vœux. Tu ne seras pas à mes côtés, pour cette journée spéciale, mais tes pensées seront tournées vers moi.

Tu me révèles que ta vie semblait affreusement vide, cette semaine, alors que ton cœur était quant à lui rempli d'affliction. Te considérant comme le responsable de la complexité de notre situation, tu ne t'en sens, me confies-tu, que plus con encore.

J'insère un disque compact dans le lecteur.

Radiohead.

Je jette un glaçon au fond d'un verre.

Deux doigts de scotch.

Le chanteur entame les premières paroles de *Creep*.

Je m'écrase sur le divan.

Je lance par terre un magazine qui traînait là. Il s'abîme au sol, froissant ses feuilles cireuses contre le rude tapis de sisal. Mes yeux se fixent au plancher sur lequel s'entassent quelques coffrets et une pochette de disque. Je dépose le verre sur la petite table, et m'étends de tout mon long sur le sofa en relevant les jambes sur l'accoudoir.

Je scrute la banalité du plafond dont la blancheur initiale tourne peu à peu au gris. Le plafonnier poussiéreux projette ici et là quelques ombres suspectes. Un peu de peinture s'écaille à l'angle de la pièce, au-dessus de la bibliothèque.

Tout semble infiniment terne et désolant.

Je n'arrive pas à réprimer ce long soupir qui épuise mes ressources pulmonaires.

Yorke se plaint d'être un salaud.

Je croirais entendre ta voix ; c'est pathétique…

J'essaie de me lever, pour changer la piste de lecture, mais j'ai le pas si lourd que j'ai du mal à avancer.

Je traîne ce chagrin comme un boulet au pied.

Je me suis condamnée moi-même à la privation de ton amour.

Combien de temps, dis-moi, durera ma peine ?

Tu me transmets à l'aube une brève missive, pour faire suite à l'appel téléphonique de la veille, dans laquelle tu me fais parvenir tes vœux de bonheur en cette journée spéciale. Tu me défends gentiment de m'inquiéter de prendre de l'âge ; j'y parviens selon toi si bien. Les années n'altèrent en rien, assures-tu, la beauté de ma personne dont les multiples facettes révèlent une vitalité rafraîchissante. Grand bien te fasse, me dis-je, de n'être pas le témoin de son soudain étiolement.

En sirotant mon café matinal, je te remercie par quelques mots succincts pour ces bienveillants vœux d'anniversaire. J'ose ajouter en post-scriptum que tu me manques, et que j'aurais terriblement envie de faire l'amour avec toi...

Une odeur de flamme éteinte assaille mes narines lorsqu'entourée de ma famille je souffle sur ces bougies qui s'obstinent à ne pas vouloir réaliser mes vœux.

Un cordial applaudissement, dont la clameur inopportune m'agresse, souligne en toute ignorance mon revers de fortune. Des éclats de gaieté fusent autour de moi, et déclenchent les premiers symptômes d'une furieuse migraine.

Je souris au dehors, mais je pleure intérieurement.

L'eau qui perle au bord de mes yeux laisse croire que je suis émue.

Je suis seule, bien seule, au milieu de tout ce monde.

Une réponse de ta part, en soirée, avant d'aller au lit ; tu me divulgues que tu as également envie de moi, que tu me ferais l'amour une nuit entière si tu le pouvais : ton corps me réclame. La distance nous sépare, mais cette nuit, me confies-tu, tu choisiras le thème de tes rêves dont tu entreprends de me fournir le détail : tu t'endormiras en m'imaginant devant toi, allongée sur tes draps de percale, vêtue de ma seule délicate chaîne à la cheville, m'offrant modestement à ton regard avide de vénusté. Tu te remémoreras ma peau douce comme la soie, mon parfum de vanille, et mes longs cheveux défaits. Tu caresseras mon corps, embrassant finement mes épaules, la droite en particulier — sur ce joli grain de beauté que tu affectionnes —, laissant par moments mes mains te guider selon mes désirs. Tu goûteras ma peau, boiras à ma bouche, me feras l'amour avec cette délicieuse langueur qui me rend folle de désir, t'efforçant de sentir dans ton étreinte chaque partie de mon corps pressé contre le tien. Puis, enfin assouvis, nous tenterons de nous endormir l'un tout contre l'autre ; toi derrière mon dos, m'enveloppant de tes bras tendres. Je tournerai la tête de côté pour te considérer, et t'offrirai un léger sourire — candide mélange d'amour et de béatitude. Ne pouvant me résister, tu m'embrasseras encore plus délicatement, plus amoureusement que jamais auparavant, et nous renouvellerons ainsi l'amour jusqu'à nous épuiser et nous endormir bienheureux.

Quelle scène magnifique... mais simplement fictive.

Nous retrouverons-nous au terme de ce voyage que tu amorces au fond de toi-même ? Dis-moi, mon bel Ulysse, que tu me reviendras un jour.

Les jours passent de manière lamentable.

Ce soir, j'ai décidé de t'écrire pour réclamer de tes nouvelles.

En une trop brève ligne, tu me réponds de ton BlackBerry pour me dire que tu vas bien, que tu as enfin trouvé un petit appartement à Montréal pour la période estivale, et que tu es actuellement dans une file d'attente avec des amis, au Palais des congrès, en vue de faire la fête au fameux Bal en Blanc.

Je voudrais bien m'en réjouir pour toi...

Mais moi, je suis plutôt dans la zone grise.

Mon quotidien est habité par ta présence fantomatique.

Je déambule seule dans les rayons d'une épicerie, d'un pas nonchalant, à chercher de quoi préparer le souper en me demandant pourquoi tu n'es pas là, tout près de moi, à me sourire, à plaisanter, à tâter les fruits et les légumes, à saliver devant le saumon fumé et à me proposer, déjà tout en appétit, ce dont tu aurais envie.

Tu n'y es pas ; je n'ai le goût de rien.

Tout semble fade, monochrome, inodore.

Je sais bien que la vie continue.

Je ne dois pas soupirer.

« La vie va là où elle doit aller... », me rappelle ta voix devenue obsessionnelle.

Il faut se laisser conduire.

Il ne faut rien regretter.

« Il ne faut rien regretter... », me dis-je en balançant une boîte de Kraft Dinner au fond du panier.

La nuit dernière, je ne sais pour quel motif insensé, peut-être pour casser l'ennui, pour me convaincre de mon indépendance, pour me venger en secret des libertés que tu prends de ton côté, pour tenter de me soustraire à l'emprise que tu as sur mon corps et sur mon cœur, pour nier le fait que tu sois le seul que je désire et que j'aime — je ne sais pas, ne sais plus —, je me suis retrouvée dans les bras d'un étranger...

L'homme n'était pas sitôt dans mes draps que déjà j'exécrais le fait qu'il y soit ; j'aurais voulu le voir partir dès lors.

Comme je me suis exaspérée d'amertume et de déception !

Comme tout cela était vide de sens, si désespérant...

Comme j'ai perdu mon temps !

Comme je me suis sentie dévastée après qu'il soit parti.

Comme j'ai eu mal, comme j'ai pleuré...

Et comme je pleure encore, ce matin, en pensant à toi.

Jour de pluie.

Par les vitres dégoulinantes du salon, je n'aperçois dehors qu'un paysage ténébreux barbouillé de gris. La maison est enveloppée d'un silence de cloître. J'essaie désormais d'occuper les heures vacantes sans faire trop de bêtises.

De minuscules grains glissent au centre du sablier, là où le temps se resserre dans son corset de verre. La joue aplatie contre la paume de ma main, dans le calme imposé de ma demeure, j'examine le sable qui se meut en une spirale qui m'aspire au fond d'un abîme de solitude.

L'aiguille fait le tour de l'horloge.

Je ne bouge pas d'un chouia.

Je sors.

Je cherche à m'étourdir, me changer les idées.

Le cafard m'est devenu insupportable ; le voilà qui envahit mes soirs de claustration. Je me fuis moi-même autant que je le peux.

Tout ce que je vois, tout ce que j'entends, ramène à ma mémoire des souvenirs de toi. Dans les espaces publics, je t'aperçois alors que tu n'y es pas. Je croise tes yeux ; j'aperçois ton profil qui fuit au tournant d'une allée ; mon regard s'accroche à un sourire qui ressemble au tien ; je vois un homme qui emprunte un style semblable à celui que tu arbores ; j'entends ta voix qui m'interpelle, ou une chanson qui me parle de toi.

Depuis que tu te fais absent, tu es plus présent que jamais dans ma vie.

J'ai pris un peu de temps avant d'entreprendre l'écriture de cette nouvelle lettre et, même en ce moment, je la rédige sans trop savoir si je dois ou non te la faire parvenir. J'aurais aimé pouvoir t'en parler de vive voix, mais la prochaine occasion, tout compte fait, reporte le délai un peu trop loin.

À vrai dire, je ne sais pas si c'est une bonne chose que je te fasse cette confidence — il me semble y avoir autant de bonnes que de mauvaises raisons de le faire —, mais je voudrais que tu saches que c'est par désir de transparence que je me décide enfin ; j'ai trop de considération envers toi, Camil, pour ne pas me montrer franche. Je te demande pardon à l'avance pour la maladresse de mes propos, le cas échéant, c'est que la situation m'apparaît délicate et que je crains de ne pas savoir bien exprimer ce qui doit l'être.

Comme je te l'ai déjà confié par le passé, je n'étais nullement — depuis le début de mon célibat — à la recherche d'un partenaire de vie. Je m'estime fort bien seule, et ce n'est pas quelque chose qui manque à ma vie que de la vivre en tandem. Cependant, j'apprends au fil de mes expériences que c'est lorsqu'on ne cherche pas que l'on trouve ; c'est bien ce qui m'est arrivé, en novembre dernier, lorsque nous nous sommes retrouvés, et c'est ce qui m'est arrivé, encore plus récemment, lorsque j'ai fait la connaissance d'un homme dont je présume qu'il est inutile que je te dévoile le prénom puisque cela est, somme toute, sans réelle importance. Il s'agit d'un homme bien, qui manifeste beaucoup d'intérêt pour moi, et je ne peux te cacher que j'ai grand besoin de ce genre d'attention par les temps qui courent. Ton absence laisse en effet un grand vide que je cherche à combler, sans doute pour tromper la peur du vide. J'espère que tu sauras me pardonner cette faiblesse sans nourrir de rancune. Ne va pas croire que cela te renseigne sur la puérilité de mon amour pour toi, car bien au contraire ce dernier est si sérieux que cela m'alourdit le cœur que d'avoir à en porter le deuil. Je mets beaucoup de volonté à tourner la page sur notre histoire et arriver enfin à m'en libérer le cœur et l'esprit ; je parviens même parfois à croire qu'entre nous deux il n'y a jamais eu d'amour, ou que s'il en fut un, il n'existait que dans mon imagination. Ne m'en blâme pas, je n'ai d'autre choix que de m'en remettre à cette représentation des choses si je veux échapper à la folie qui me guette et menace de m'entraîner dans l'abîme du désespoir si je ne trouve pas bientôt quelque chose ou quelqu'un à quoi ou à qui me rattacher pour ne pas sombrer.

Ceci dit, cela m'embête quelque peu d'avoir à te livrer cette importante confidence. Je ne voudrais pas que tu t'imagines que je puisse chercher à susciter chez toi la jalousie, ou encore tâcher de te pousser à prendre précipitamment, sous une quelconque forme de menace, une décision qui me soit favorable. Je te dévoile mes sentiments et mes préoccupations avec bonne foi, en toute franchise, et en toute humilité, parce que je suppose que c'est peut-être mieux que tu saches tout ceci même si, je le répète, j'ai autant de raisons de penser que c'est peut-être mieux que tu ne le saches pas. Je suis déchirée par ce dilemme, et si je penche aujourd'hui en faveur de l'aveu c'est que nous avions convenu de ne jamais rien nous cacher l'un à l'autre, et de nous apprécier en prenant soin de nous divulguer toujours nos vérités.

Bien qu'aujourd'hui nous ne soyons plus ensemble — mais après tout, l'avons-nous déjà vraiment été ? —, je reste fidèle à ma promesse, car mes sentiments envers toi n'ont pas changé, malgré les circonstances, quoi que tu en penses en lisant cette lettre.

Je déploie bien des efforts pour ne pas rester dépendante de notre histoire. Le fait de sortir et de rencontrer des gens m'aide à tourner la page. Le silence qui nous sépare me permet de réaliser combien il paraît essentiel de maintenir cette distance entre nous, car je comprends combien elle t'est indispensable, cette nouvelle liberté qui te permettra de te retrouver toi-même. Je sais te l'offrir encore aujourd'hui parce que je t'aime, et que mon bonheur ne saurait être complet sans que le tien le soit aussi. Ce bien-être, dont tu as besoin, commence par ce nécessaire moment de solitude et d'introspection que tu ne saurais accomplir si ma présence auprès de toi était constante. Je ne ferais que te détourner de toi-même et t'empêcher d'accéder à tes vérités les plus secrètes, celles qui te sont pour le moment toujours inconnues. Bien que je rêve encore du jour où nous pourrions enfin nous retrouver, je ne veux pas incarner cette diversion, car je me refuse à être celle qui t'éloigne de celui que tu dois devenir ; je voudrais, bien au contraire, être celle qui t'en rapproche, celle qui t'aide à devenir enfin l'homme réunifié que tu dois être.

Je t'expose donc ce qui m'arrive pour être honnête, mais je ne suis pourtant pas en mesure de prévoir l'impact de cet aveu. Je sais bien que tu as beaucoup de soucis déjà, et je ne voudrais pas en ajouter un autre à ceux-ci. J'espère peut-être au fond que cette révélation te soulagera du poids de mon attente.

Je n'ai d'autre choix pour subsister, Camil, que de tâcher de vivre pour moi-même, et n'espérer rien de toi, que ce soit dans un avenir proche ou lointain. Cependant, malgré les conjonctures, je voudrais m'assurer de nouveau que les choses soient bien claires, de peur de ne l'avoir pas été assez encore : j'ai toujours espéré, et j'espère toujours que tu me reviennes, Camil. C'est d'ailleurs ce que j'ai affirmé depuis le tout début à cet homme, justement, à qui j'avais d'emblée fermé froidement ma porte. Je l'ai avisé du fait que je ne cherchais personne et que j'avais le cœur ailleurs. Je ne lui ai rien caché de la situation qui aurait dû pourtant le décourager, mais il m'a prié de lui laisser sa chance. Il a répliqué que je ne pouvais lui refuser mon attention sans même avoir pris la peine de le connaître, auquel argument je n'avais d'autre réponse que mon entêtement dont la justification, après réflexion, se montre un peu vaine puisqu'après tout, malgré les espoirs que je puis nourrir, rien ne me garantit avec certitude ton retour. J'ai donc décidé de lui concéder cette possibilité. Il va sans dire que, si je la lui accorde, c'est bien sûr parce que je crois que c'est un homme qui semble la mériter. Il espère, je suppose, que tu ne reviennes pas, ou encore que j'arrive à t'oublier de manière définitive. J'avoue espérer tout comme lui cette dernière éventualité, car je ne sais me résoudre à désespérer de la première. Je l'ai évidemment mis en garde contre d'éventuelles blessures sentimentales s'il s'attachait trop à moi, mais il m'a répondu de m'occuper de mon propre cœur, et de ne pas me sentir responsable du sien.

Je suis consciente du fait que notre situation devient de plus en plus complexe, et que j'y contribue actuellement pour beaucoup. Je ne voudrais surtout pas te blesser et, pourtant, je viens peut-être de le faire. Qu'en sais-je ?

Ce que je viens de te confier ne devrait de toute manière rien changer à la situation présente ; tu n'es pas plus prêt à te réengager que tu ne l'étais hier, et il ne serait toujours pas convenable de bousculer les choses. Il faut, de toute évidence, que tu emploies le temps nécessaire à la guérison de tes blessures et au rétablissement de tes idéaux. Malgré mon profond désir d'être à tes côtés, je m'en voudrais d'être égoïste au point de chercher à t'en priver.

Je me retrouverai peut-être d'ici peu à l'heure des choix difficiles, mais pour l'instant je ne sais quoi faire d'autre que de laisser le temps faire son œuvre, comme tu me l'as si souvent recommandé toi-même.

Pardonne-moi, je t'en prie, de chercher consolation dans les bras d'un autre.

Une réponse de toi, dans les heures qui suivent.

Faut-il donc que je te bouscule pour que tu t'empresses de répondre à mes messages ?

Dès les premiers mots, tu affirmes que j'aurai été la source des deux courriels qui auront eu le plus gros impact chez toi au cours des dernières semaines. J'ai tendance à vouloir te croire, en ces moments-là, mais je me ravise aussitôt, craignant que la naïveté ne se soit emparée de mon entendement. J'étais remplie de convictions à propos de nous deux, mais me voilà en permanence envahie par les doutes. Autant j'ai cru éprouver ton amour lorsque je me suis retrouvée dans tes bras, autant tes longs moments de silence me semblent aujourd'hui pronostiques de ton désintéressement. Quelle est donc cette préoccupation soudaine qui te pousse cette fois à me répondre en toute hâte, et qui m'irrite de la sorte ? Je pressens déjà que tu ne m'écris pas pour me retenir, mais pour m'offrir une liberté que j'ai déjà prise.

Mon message t'a ébranlé, écris-tu ; tu apprécies néanmoins ma franchise.

Je ne sais pas moi-même si c'est sous la force de cette dernière que j'ai entrepris de t'écrire, ou si ce n'est pas plutôt sous l'emprise d'un secret orgueil mêlé de désespoir.

Tu veux connaître les événements tels qu'ils sont, et en cela tu es reconnaissant du fait que je m'adresse à toi ouvertement ; cette sincérité me vaut ton plus grand respect, m'assures-tu.

Mais comment est-ce possible, Camil, que tu sois devenu aussi inconscient de mes intérêts réels et des motifs qui me poussent à t'écrire sans dévoiler la peine qui me ronge ? C'est presque vil de ta part que de saisir une occasion aussi inespérée de remercier ma loyauté, et m'inculper implicitement d'un désaveu amoureux que tu préfères ne pas avoir à assumer toi-même. Ne devines-tu pas que je te cache mille et une choses, et que je fais paraître les opportunités qui s'offrent à moi sous de bien meilleurs jours qu'elles ne se présentent vraiment ? Ah ! si je pouvais t'aimer un peu moins que je te déteste, je pourrais du moins me croire déjà en voie de guérison !

Tu ajoutes que tu me sens très tourmentée dans ma lettre, et que tu espères que je saurai trouver bientôt une paix intérieure. Tu m'assures que j'ai pris la bonne décision en te confiant tout ceci.

Je constate, plutôt désemparée, t'avoir fourni un prétexte pour rompre ce lien ténu qui nous unissait encore.

Tu me rappelles, avec une indulgence qui me blesse, qu'il n'y a pas de mal à chercher le bonheur, et que je n'ai pas à m'en sentir coupable. Tu me souhaites de le trouver dans les bras d'un homme capable de m'offrir ce que tu ne peux m'offrir toi-même. Tu aimerais le pouvoir pourtant, ajoutes-tu, mais ton honnêteté t'impose d'admettre le fait que tu n'es pas prêt encore. Pour cette même raison, tu ne veux pas t'interposer dans ce que je m'apprête à vivre. Tu estimes que je n'ai rien à perdre, et sans doute tout à gagner, de tenter ainsi ma chance à la loterie de l'amour.

L'Amour n'est-il donc qu'un misérable jeu de hasard ?

« Tu n'as rien compris, tu n'as rien compris ! Moi, j'espère encore... ! » Je fonds en larmes devant l'écran, en tentant de reproduire sur le clavier, malgré ma vue embrouillée, ces mots chargés d'émotion que je t'adresse.

Ce détachement de ta part, qui frôle l'indifférence, me déchire et me donne à penser que ce que tu ressens pour moi, depuis le tout début, n'est peut-être en fait qu'une simple amitié. J'en éprouve de l'aversion. Il y a bien trop de bonté dans ta réponse pour que ce soit de l'amour ; ce dernier est toujours un peu égoïste.

Pourquoi donc, Camil, ne cherches-tu jamais à me retenir ?

Un goût de sel, sur mes lèvres.

Les larmes me font honte, sollicitent mon orgueil, et m'incitent à me ressaisir ; si un jour tu voulais me revenir, il faudrait trouver les arguments pour me convaincre que tu t'apprêtes à faire le bon choix, car je n'en suis plus aussi convaincue que je l'étais auparavant. Je me réjouis au moins d'une chose, c'est que tu aies assez de respect et d'amour-propre pour reconnaître et maintenir qu'il est encore trop tôt pour t'engager.

Tu me confirmes, par le biais d'une dépêche laconique, que tu avais fort bien compris. Je t'abhorre davantage ; voilà qui me fournit au moins une raison de vouloir guérir enfin de cet amour. Tu ne voulais pas me meurtrir le cœur, confies-tu, et ne savais que répondre à ma lettre sinon qu'en me signifiant que tu ne souhaites, au fond, que mon bonheur. Mais, mon bonheur — voudrais-je hurler à m'en rompre les cordes vocales — est dans tes bras et nulle part ailleurs !

Tu as le cœur et l'esprit brumeux, déplores-tu. Tu ne sais plus qui tu es ni ce que tu veux, ou ce que tu peux offrir pour l'avenir. Tu n'as pas, sur ta vie, ni sur notre histoire, de recul suffisant pour savoir ce que tu éprouves réellement. Il est encore trop tôt. Tu affirmes que c'est bien plus que de l'amitié que tu ressens pour moi, et jures que ce n'est certainement pas de l'indifférence, mais il est clair que tu as besoin de vivre un peu plus encore pour tout mettre en perspective.

Oh ! Camil ! J'ai la nausée de ton amour tiède.

Tu estimes avoir peu de choses à m'offrir en comparaison de cet autre homme qui me courtise et souhaite un engagement avec moi. De ton côté, tu ne saurais me proposer que des moments de rires, de passion peut-être, mais aussi d'incertitude, celle-là même qui m'était devenue intolérable et m'a fait mettre un terme à nos rencontres, il y a de cela quelques semaines.

Tu me mentirais, insistes-tu, si tu m'exprimais autre chose. Il s'avérerait méprisable de chercher à me garder pour toi seul. Tu ne veux pas abuser de mes sentiments en me demandant d'être clémente et de patienter encore pour toi. Tu estimes qu'il s'agirait alors effectivement d'égoïsme, et que cela n'aurait rien à voir, justement, avec ce que doit être l'amour.

Les mots de ton message se mettent à fondre sur l'écran.

Les lettres qui le composent s'en détachent, une à une, s'étirent et dégoulinent jusque sur le clavier.

J'essuie les larmes qui emplissent mes yeux à la lecture de ces mots qui s'enchaînent les uns aux autres, pour former un tout cohérent.

Je cherchais des raisons de te haïr, mais tu me les enlèves.

Un insecte, au dehors, atterrit sur la vitre.

Je pose le doigt dessus, et m'amuse à suivre sa trajectoire sinueuse à travers la paroi de verre.

Je ne sais pas où il va.

Le sait-il lui-même ?

Il revient sur ses pas, dessine des arabesques puis repart en sens inverse. Il s'arrête un instant, pour faire un brin de toilette, et s'envole vers d'autres horizons sans qu'il ne reste de lui aucune trace de passage sinon l'extrémité de mon doigt, toujours appuyé sur la vitre, qui pointe l'endroit de sa disparition.

Xavier se fait chaque jour plein de petites attentions à mon égard. Pourtant, je n'ai de cesse de lui rappeler en toute franchise que les choses ne sont pas si claires qu'elles le devraient, entre toi et moi, et que j'ai encore bien du mal à t'oublier. Sa nature de conquérant l'incite à redoubler d'ardeur dans le but d'accomplir ses desseins ; il cherche à te détrôner de mon cœur et s'arme de persévérance pour y parvenir. Se réclamant d'une lucidité qui dans les circonstances ne saurait être mienne, il décrète sans indulgence que tu ne m'aimais pas assez pour me garder auprès de toi.

C'est lui que je veux croire, désormais, et non plus mes regrettables chimères.

La réalité qu'il présente est dure, et pour cette raison, elle est sûrement vraie.

Le temps est un élastique sur lequel il ne faut pas trop tirer.
Vingt-quatre heures me semblent une semaine.
Une semaine me semble un mois.
L'ennui de toi revient toujours en me claquant de son grand fouet.

Ce matin, je me regarde dans le miroir avec affliction.

Il me semble avoir les traits tirés, la peau terne, les cheveux secs, les lèvres pâles et le regard vitreux.

Un jour on est jolie, l'autre on est laide ; nul ne saurait saisir ce curieux caprice de la nature auquel les femmes sont aléatoirement soumises.

Un œil furtif à la fenêtre de la chambre me renseigne sur le fait que mon vide intérieur trouve écho dans le paysage dégarni qui m'entoure. Les arbres ne voient pas l'heure de faire éclore leurs bourgeons ; il fait trop frisquet encore en cette fin du mois d'avril qui conserve des airs d'hiver.

On dirait que le soleil ne poindra jamais.

Les conifères, toujours aussi vifs, pointent leurs dards acérés comme s'ils devaient se parer contre l'attaque du froid, toujours imminente. Les feuillus n'ont pas encore de quoi se mettre sur le dos. Rien ne ressemble à ce retour à la vie auquel nous serions en droit de nous attendre.

Combien de fois me suis-je appuyée contre le cadre de cette fenêtre, rêveuse, comme s'il était possible de voir apparaître, à l'instant même où j'observais dehors, ta voiture tournant le coin de la rue et s'engageant dans l'entrée de ma demeure. Combien de fois, la nuit, ai-je regardé par cette ouverture, envahie par la mélancolie, sachant que je n'y verrais rien d'inhabituel. Pourtant... je m'y rends, toujours et encore, lors de chaque période d'insomnie, souvent même en secret alors que Xavier dort dans mon lit, ignorant tout de mes coupables désirs. Et je m'en retourne le trouver ensuite, sous les couvertures chaudes où je me blottis contre son torse nu, pour y compenser la présence qui me manque.

Le temps passe, mais n'emporte pas avec lui mon chagrin.

Chaque fois, c'est une petite victoire lorsque je l'embrasse sans songer à tes lèvres ; ce n'est rien de moins qu'un triomphe sur moi-même lorsqu'au milieu de l'amour, et des draps défaits, j'arrive à réprimer ton prénom qui remonte douloureusement jusqu'à ma gorge et se brise en un discret sanglot.

Il m'aime, il me l'a dit déjà.

Je me sens ingrate de ne pas l'aimer en retour.

Je tâche de m'en convaincre ; mon amour pour toi est insensé.

Rien ne saurait être plus raisonnable que d'apprivoiser celui que m'offre Xavier. Et tant pis s'il manifeste parfois un peu de jalousie ; cela m'assure de ne pas avoir à souffrir de sa part une indifférence semblable à la tienne.

Respiration déficiente.

J'étouffe.

Besoin de m'éloigner de l'amour de Xavier.

Mois de mai, rue Sainte-Catherine.

Ce soir, concert rock au Métropolis ; The Tragically Hip, l'un de tes groupes préférés, monte sur scène. Dans les gradins, j'observe la multitude ; je te cherche des yeux. Je sais bien, pourtant, que je ne t'y verrai pas.

Loïc, que j'accompagne, ne dit rien lorsqu'il voit mon regard se perdre dans la foule ; il remarque bien que j'examine les spectateurs. Je n'ai jamais eu à lui parler de mon affliction ; il est de ces amis qui savent tout, à qui rien ne sert de raconter.

Il devine combien je t'espère encore.

J'ignore cependant s'il croit que j'ai raison ou tort...

Nous prenons place, et commandons une consommation. Du haut du balcon, je sonde de nouveau la salle bondée d'étrangers. Les premières notes de musique nous remplissent déjà les oreilles.

J'essaie de t'oublier, le temps de la représentation, cependant malgré moi mes yeux balaient l'assistance plus que la scène. Je tâche d'apprécier le spectacle pour ce qu'il est, sans tenter de deviner chacune des chansons que tu préfères ni ce que tu as toujours apprécié de cette formation musicale.

Downie se donne à fond ; il se dandine devant le micro, le torse raide comme un robot, avec des gestes scandés. Il ferme parfois les yeux, comme pour mieux habiter ses chansons. De temps à autre, il empoigne le mouchoir glissé dans la poche de son pantalon et éponge son crâne rasé où perle la sueur. Un large cerne noirâtre se déploie au dos de sa chemise.

Sur le parterre, les adeptes ponctuent le rythme en frappant de leurs mains élevées dans les airs. Le chanteur tend la main à quelques privilégiés qui lui frôlent le bout des doigts. Des sifflements et des hurlements réclament un rappel, puis le spectacle se termine.

Comme dans une fourmilière, les gens affluent vers la sortie.

Nous avançons aussi, dans la cohue.

Je regarde partout sauf devant moi.

Loïc, bienveillant, me guide en m'enserrant le bras de sa large main, pour ne pas que je m'égare. Nous nous frayons une petite place, sur le trottoir, au centre du rassemblement d'admirateurs.

Je te vois partout ; ton paletot sur le dos d'un homme qui passe à mes côtés en me bousculant ; tes Converse dans les pieds de cet autre qui tourne au coin du bâtiment ; ta casquette irlandaise sur la tête de cette silhouette qui s'enfonce dans la rue.

Ton image en kaléidoscope.

J'avance à l'étourdie.

Il y a trop de gens ; je me sens comme une lilliputienne dans un monde de colosses. Loïc décide du trajet pour nous sortir de la vague de piétons, et moi, docile, je n'oppose aucune résistance.

Au coin de Saint-Dominique, devant la pizzéria Étoile, nous nous joignons à un petit groupe de badauds intrigués par un percussionniste qui tape sur une grosse chaudière de plastique et quelques cymbales de fortune. L'homme aux longs cheveux crépus, le crâne dégarni et la moustache en guidon, manie les baguettes avec une agilité étonnante ; avec ces dernières, il s'amuse à faire des jongleries, entretenant le rythme tout autant que l'intérêt des curieux rassemblés autour de lui. Des gens déposent de la monnaie dans une petite gamelle de métal posée par terre.

Je pense à toi ; tu aurais aimé ce genre de prestation insolite.

Loïc veut entrer pour manger une pizza.

J'acquiesce.

J'ai peu d'appétit.

Assise près de la fenêtre, je regarde dehors plus que dans mon assiette.

Nous retournons tranquillement vers le logement de la rue Towers.

Je soupire de ne pas t'avoir vu.

Je soupire de prendre, encore aujourd'hui, mes rêves pour des réalités.

Je soupire de soupirer encore pour toi.

Quand t'oublierai-je enfin, dis-moi ?

Il doit être tout près de minuit déjà, lorsque nous rentrons enfin chez Loïc. Pour vérifier l'heure, j'ouvre mon appareil cellulaire que j'avais oublié sur le comptoir de la cuisine au travers de quelques sacs de croustilles. Je découvre l'indicateur d'un message laissé dans ma boîte vocale, un quart d'heure plus tôt.

C'est ta voix que je reconnais dans mes oreilles !

Mon cœur fait un incroyable saut de *bungee*.

Quel bonheur !

Ta voix — qui me met dans tous mes états — m'apprend que tu étais dans la salle de spectacle toi aussi, tout à l'heure, et que tu me cherchais partout.

Les mains tremblantes, je recompose ton numéro.

Comment fais-je pour négliger si aisément tous les motifs de hargne que j'avais nourris contre toi ces dernières semaines ?

J'apprends que je te manque, et cela suffit à raviver tout mon amour! Au diable ces rancœurs qui m'éloignent de toi!

Tu n'es pas loin, m'informes-tu, et demandes s'il m'est possible d'aller te rejoindre à quelques mètres du Métropolis où tu te trouves encore avec des amis. « Zut, murmuré-je, je n'ai pas un rond sur moi pour prendre le taxi... »

Je mettrai sans doute une heure pour te rejoindre à pied, mais qu'importe? Je marcherais des milliers de kilomètres, dans un désert au fin fond de l'Arabie Saoudite, s'il le fallait, sans eau, ni chameau, ni même une ombrelle, rien que pour le plaisir de me jeter dans tes bras!

Loïc, qui passe tout près de moi en allumant une cigarette, affiche un sourire magnanime, enfonce la main dans la poche de son bermuda et me tend vingt dollars. Le combiné toujours sur l'oreille, je pousse un cri muet d'excitation en me faisant aller frénétiquement la main en éventail. Nonchalant, il retourne s'écraser par terre sur les énormes coussins faisant office de sofa dans le salon de son modeste appartement. Son portable sur les genoux, il assiste à la suite de la scène, à la fois amusante et sans doute un peu pathétique.

Dès que j'ai raccroché, il pouffe de rire; avec la bienveillance d'un grand frère, il m'assure que j'ai l'air d'une adorable fillette. Il se réjouit de me voir si joyeuse alors que j'ai eu la mine basse toute la soirée. Il me somme d'aller te rejoindre au plus vite, et de ne pas te faire souffrir une seule minute de retard. « Tu es attendrissante, me dit-il. Allez! Cours vers lui, sacrée gamine! » Cette fois, comme je ne suis plus au téléphone, je pousse un petit cri de joie strident qui lui irrite le tympan. Je l'embrasse sur les deux joues, et l'étreins pour témoigner de ma reconnaissance.

Je ne porte plus à terre. Vite, vite! Une retouche à mes cheveux, une goutte de parfum, et je saute dans un taxi. Je file, le cœur fébrile, vers le lieu de notre rendez-vous où tu m'accueilles à bras ouverts. Je saute à ton cou; tu me fais tournoyer et m'embrasses fougueusement. « Comme tu m'as manqué, comme tu m'as manqué ! » répètes-tu, en soupirant d'aise dans le pavillon de mon oreille.

Oh ! Camil, comme j'ai envie de toi...

Je suis, en cet instant précis, la plus heureuse des femmes.

Il se fait tard, mais Curt tarde à nous rejoindre, affairé qu'il est à discuter avec un autre client assis au bar. Le chevelu à la barbe broussailleuse et aux vêtements dépenaillés a tout l'air d'un chemineau. Il y a quelques minutes à peine, ces deux-là étaient des étrangers, et les voilà déjà meilleurs amis du monde, témoignant de leur prompte affection par de solides poignées de main et de viriles accolades. C'est une chose qui m'a toujours plu chez ton frère ; il est de ces âmes généreuses et conviviales qui, de la manière la plus naturelle qui soit, répondent toujours favorablement à ceux qui les abordent. Les propos de l'un ou de l'autre, qu'ils soient de mise ou impertinents, jouissent avec lui, sans distinction, du même accueil. Sans égard aux différences, sans ne jamais exprimer de réserve envers l'inconnu qui se présente à lui, il agit avec l'amabilité d'un frère et offre un chaleureux sourire qui saurait ensoleiller les jours du plus malheureux. Et on le quitte toujours à regret, riche d'une amitié peut-être éphémère par la force des choses, mais assurément bienfaisante.

***

Nous marchons en flânant, derrière tes copains, dans les rues de Montréal. Tu me tiens tantôt par la main, tantôt par la taille ; tu m'embrasses à chaque tournant de rue.

J'affiche le sourire le plus radieux du monde.

Edward, un peu éméché par l'alcool, titube et prend appui sur les murs de pierre dans les ruelles que nous sillonnons. Curt l'aide à tenir la route en le rattrapant par la manche de son chandail aux propriétés extensibles.

Nous gloussons de rire.

Enfin, nous arrivons à l'appartement d'Edward.

Instruit par les indications nébuleuses du locataire éméché, Nick se charge de trouver la bonne clé pour ouvrir. Dès que nous sommes entrés, Marc-Olivier ne tarde pas à décapsuler une bière et en offrir aux convives. L'un roule déjà un joint tandis qu'un autre commence à gratter la guitare. Tous fredonnent avec lui les succès entendus en soirée sur la scène du Métropolis.

Tu t'approches de moi et me prends par la taille.

Tu chantes avec eux ces chansons que tu connais par cœur.

Entre deux couplets, tu m'embrasses dans le cou, puis dans les cheveux.

Tu as l'air heureux.

Nous sautons dans un taxi.

Tu veux me montrer le nouvel appartement que tu as loué pour l'été.

La nuit est belle et tu veux respirer l'air frais. Tu demandes au chauffeur de nous faire descendre quelques rues avant ta nouvelle adresse.

Le claquement sourd des portières retentit au milieu de nos rires, puis la voiture disparaît dans le silence de la ville endormie.

Nous marchons sur la rue Sherbrooke, entichés l'un de l'autre, et friands de plaisirs noctambules. Nous bavardons comme si jamais nous n'avions été séparés.

Promptement, tu interromps la discussion.

D'un ample mouvement, tu saisis ma main puis m'entraînes au fond de l'abribus où tu me fais pivoter sur moi-même. Tu me presses doucement contre le mur du fond ; tes bras me font captive et tes lèvres enveloppent ma bouche restée entrouverte de stupéfaction.

Le passé, le présent et le futur se confondent.

Je ne sais plus où je suis, si je vis encore ou si je ne suis pas plutôt déjà au paradis.

Mon cœur et ma tête tournent.

Par le concours d'une étonnante force centrifuge, tout ce qui nous entoure s'emmêle et se trouve relégué aux frontières de l'inconscience.

Tes lèvres sillonnent ma nuque et ma gorge déployée.

Une voiture s'arrête au coin de la rue ; un chauffeur de taxi regarde dans notre direction et nous observe avec insistance. Je lui fais un léger signe de la main pour lui signifier que je suis entre bonnes mains. Il sourit et me salue d'un hochement de tête avant de poursuivre sa route.

Tu ne remarques rien de tout cela, et reviens m'embrasser sur les lèvres encore plus éperdument.

Comme je t'aime, mon adoré, ô comme je t'aime...

Nous entrons dans ton petit logis.

Je suis séduite par l'ambiance chaleureuse ; tout est bien décoré dans cet agréable domicile transitoire que tu as loué déjà tout aménagé. Sur les murs écarlates du vestibule sont accrochées quelques toiles de peintres à la Picasso ; un alignement de luminaires suspendus en rehausse l'attrait. Je dépose mon sac à main par terre, à côté du vieux coffre de bois, et je retire mes chaussures que je laisse sur la catalogne de l'entrée dont l'une des extrémités s'effiloche. Les interminables lattes de bois franc vieilli craquent sous chacun de mes pas.

Pendant que tu t'affaires au salon, je jette un œil à la chambre à coucher où j'anticipe déjà pour nous deux des moments inoubliables. À cette évocation, mon cœur éprouve un profond ravissement, et un sourire enchanté se dessine sur mes lèvres.

Je revois, en un éclair me lézardant le cœur, toutes ces fois où, dans les bras de Xavier, je songeais aux tiens en tâchant d'en faire le deuil. Je ne tarde pas à chasser cette regrettable image qui n'a plus lieu d'être en cette heure de bonheur inespéré.

Je m'engage dans le petit corridor qui conduit vers toi.

Tes habits gisent sur le plancher de la salle à manger. Tu es là, debout, près de la porte qui donne sur la terrasse. Ton sourire m'attire, tel un aimant ; ta main me fait signe de te suivre.

Je m'approche.

Tu m'entraînes vers toi.

Ta paume brûlante s'immisce sous ma chemise, et tes doigts détachent lestement mon soutien-gorge. Tes lèvres à l'expression rieuse attaquent les miennes et les recouvrent d'un fougueux baiser. Ta respiration s'accélère ; en moins de deux mes vêtements tombent par terre et se mêlent aux tiens.

Au milieu de la nuit bleutée, nous passons la porte de verre qui mène à l'extérieur. Le doigt posé sur ta bouche m'indique qu'il faut procéder en silence pour ne pas éveiller les voisins à cette heure tardive.

Ton élan me conduit sur la petite terrasse où l'eau agitée d'un spa nous attend. Nous nous immergeons dans l'eau chaude où nos lèvres ne se séparent plus.

Il fait si bon de se retrouver ensemble...

Tes mains cavalent sur ma peau mouillée, ma bouche te parcourt furieusement. Dans la pénombre, nos corps exercent une formidable danse dans le fluide cobalt.

Je suis ta sirène, ô mon amour.

Tes doigts sont prisonniers de ma chevelure humide. Des gémissements de plaisir se nouent dans ma gorge. Par derrière moi tu m'enlaces ; la moiteur de tes paumes couvre mes seins, et tes lèvres taquinent ma nuque. Nos souffles s'empressent, et notre désir s'accroît ; nous sommes affamés l'un de l'autre. Je sens ton corps qui s'empare du mien et le domine. Pleinement en moi, tu me possèdes ; je suis à toi, je suis à toi... Ô mon amour !

De tout l'or du monde je ne voudrais pas, rien que pour voir cet instant divin se soustraire à la fatalité des heures évanescentes.

Toute une nuit dans tes draps.

Toute une nuit près de toi.

Au petit matin, ton sourire est le plus beau cadeau du monde.

J'ai revu Xavier.

J'ai été franche avec lui.

Il n'a pas demandé à connaître les détails.

Pour lui, tes silences récurrents prouvent hors de tout doute ton désintérêt, et moi je suis la proie facile qui se laisse prendre au piège dès que tes ardeurs le réclament.

Il a sans doute raison.

Et toi, comme tous les absents, tu as forcément tort.

Dix jours déjà.

Quelques frissons glacials parcourent mon corps.

Ton silence m'aide à me ressaisir.

J'ai mal de cette nouvelle absence.

Est-ce toi — ou moi-même, sans le savoir — qui nous l'impose ?

Je n'ose pas t'écrire.

Le temps passe, plus mal que bien.

Et il le fait toujours aussi péniblement quand il le fait sans toi.

J'ai résolu, avec le renouveau printanier qui s'affirme, de sortir moi aussi de ma torpeur et de faire fondre l'ennui. J'ai accepté l'invitation de notre ami commun, Sébastien, qui célèbre en grand, ce week-end, son quarantième anniversaire. Pour l'occasion, il a loué un grand chalet adossé aux collines des Appalaches, presque à mi-chemin entre Montréal et Québec, où il compte recevoir tous ses amis. Sophie — que je n'ai pas revue depuis novembre — m'a confirmé qu'elle y serait aussi ; nous nous sommes promis de nous y retrouver.

J'enfile un jean et un chandail léger, j'apporte des vêtements chauds pour le soir, des cigarettes légères, des croustilles en abondance et quelques bouteilles de Heineken à partager autour du feu.

Ce n'est pas sans fébrilité que je prends la route vers le comté de Lotbinière, afin de me rendre au gîte. Lorsque j'arrive près du bâtiment peint en bleu saphir, plusieurs véhicules sont déjà rangés en bordure du vaste stationnement dans lequel je m'engage, à la recherche d'un espace où garer ma voiture.

Je n'aperçois pas la tienne, et j'éprouve une légère déception en observant la grande cour qui s'ouvre devant moi. J'entends le crépitement des roches et du sable sous les pneus, tel un vieux gramophone qui s'apprête à jouer une mélodie ancienne ; c'est l'effet que me font les images de nous deux qui me reviennent en mémoire, et me paraissent plus vieillies qu'elles ne le sont, comme si elles appartenaient déjà à une autre époque.

Dehors, tout près de la porte d'entrée, quelques jeunes invités fument des cigarettes en bavardant, et boivent à même leur bouteille de bière. Un grand maigre aux jambes longues et aux genoux cagneux me sourit de façon familière, un joint entre les dents. Il me souhaite la bienvenue en relevant d'une main la tuque de laine à pompon qu'il a sur la tête.

En posant le pied sur le balcon, j'entends des bribes de voix et des éclats de rire provenant de l'intérieur ; je suis envahie par les notes de musique brouillonnes que produisent les musiciens affairés à ajuster leurs instruments.

Sébastien m'aperçoit et m'accueille à bras ouverts.

Il s'empresse de me faire visiter l'endroit avec fierté en m'expliquant qu'il était jouxté à une maison aujourd'hui disparue. Nous disposerons de beaucoup d'espace, m'assure-t-il, même si plusieurs amis ne sont pas arrivés encore. Nous pourrons fêter toute la nuit et dormir ici, si nous le souhaitons. La vaste étable centenaire réaménagée sur deux étages, et séparée par une mezzanine sous un toit cathédrale, est en effet bien assez grande pour accueillir tous les invités attendus.

Au rez-de-chaussée, des voix annoncent ton arrivée.

Des papillons-popcorn éclosent en moi ; je descends l'escalier d'un pas rapide.

Je t'aperçois, par la porte encore entrouverte, vêtu d'un jeans délavé et d'un chandail de laine, une caisse de bière à la main, ta casquette sur la tête et souriant comme un prince victorieux sous le soleil de midi.

Tout mon bonheur tient en ce magnifique sourire...

Mais toi, tu ignores tout de ce lac paisible qui m'habite dès que je suis en ta présence. C'est un royaume de plénitude, où les rayons de soleil plongent comme des lames de feu pour en réchauffer les profondeurs. Chaque sourire que tu m'offres produit son onde de choc et trouble mon cœur. Et toi, comme un gamin inconscient, tu dessines des cercles dans l'eau sans te douter de cet émoi secret qui se cache dans les abîmes de mon amour.

Je me montre le bout du nez, dans le cadre de la porte, pour saluer ton arrivée. Tu déposes ta caisse de bière et t'empresses de venir me prendre dans tes bras pour me soulever de terre, comme tu as toujours aimé le faire.

Tu m'embrasses, encore et encore.

Et moi j'oublie tout, encore et encore...

Quelques musiciens se regroupent autour du feu dans la nuit fuligineuse. Assises sur le flanc d'une butte, Sophie et moi fumons lascivement nos cigarettes en observant la Voie lactée, et en écoutant les invités se raconter des balivernes.

À l'intérieur du chalet, la fête bat son plein sur une petite scène aménagée dans un recoin du salon d'où la musique fait vibrer la bâtisse. Les gens dansent, chantent, inventent des percussions avec les chaudrons et les ustensiles de cuisine. Ravi par l'originalité de la scène, tu ne tardes pas à te joindre à eux. C'est une fête où le plaisir est si grand que l'on ne voudrait pas qu'elle s'arrête.

Pourtant, une partie de moi est déjà ailleurs...

En fin de soirée, tu me demandes si je n'ai pas un peu sommeil ; tu me révèles ton désir au creux de l'oreille. Tout, autour de moi, perd dès lors de son importance ; la terre et le ciel se confondent à nouveau, et tes baisers soufflent sur la braise de mon amour qui s'enflamme.

Nous convenons d'aller chez moi.

La route est longue, avant de nous retrouver au creux des couvertures, mais notre désir ne s'en trouve que multiplié au centuple.

Au milieu du coton froissé, tu m'envahis et me désertes, comme la vague sur la rive sablonneuse, pour mieux me revenir, et revenir encore plus vivement me tourmenter. C'est la douleur de la joie que je ressens, si profondément en mon être, cette euphorie qui me torture et m'asservit. Je ne suis plus maître de moi-même ; c'est cette sublime souffrance qui me fait valser avec toi dans cette symbiose parfaite de nos corps, et de nos cœurs, merveilleusement dépouillés.

Je crois mourir de plaisir et, pourtant, je me sens plus vivante que jamais.

J'aime et je suis aimée en retour.

Plaisir éphémère... qui ne dure que le temps d'une étreinte.

Combien devrai-je payer de tristesses demain, dis-moi, pour cette joie si grande ?

Les lunes passent.

Ma vie est un calendrier.

L'amour conduit à la démence.

Il faut revenir à la raison.

Et investir peut-être enfin un peu de moi-même dans cette relation avec Xavier.

Le vent siffle en longeant la toiture de la maison.

C'est un été aux allures d'automne qui bouscule les souvenirs en arrachant au passage, dans une bourrasque agressive, les rêves mort-nés dont le rouge passion s'est déjà édulcoré.

Ma vie est un désert où mon cœur se dessèche.

Je t'écris un petit mot.

J'espère que tu vas bien, et que tu es heureux.

J'attends ta réponse, dans une hâte mêlée d'appréhension.

Ta réponse tarde à venir, comme toujours.

Tu te sens plutôt dans les limbes, me confies-tu. Tu as du mal à garder le moral. Tu te dis très occupé au travail, et soucieux d'organiser ta vie en fonction de tes enfants, qui partent officiellement à Québec avec leur mère, et dont tu souhaites toujours obtenir la garde partagée. C'est une chose qui n'est pas réglée encore et qui t'épuise. Tu t'affaires par ailleurs à assurer ton transfert dans le cadre de ton travail.

L'ironie du sort ira-t-elle, dis-moi, jusqu'à t'escorter dans ma ville ?

Je tâche de n'y percevoir aucun signe du destin.

Ce déménagement est un fer qui tourne dans ma plaie ; j'ai du mal à concevoir que tu puisses te rapprocher de moi alors qu'au même moment tu t'en éloignes.

La brièveté de ta réponse me laisse un peu perplexe ; j'ai l'impression qu'il y a des tracas dont tu ne me parles pas. Peut-être aussi est-ce cet air détaché, ces informations que tu me livres de manière plutôt formelle qui nourrissent en moi cette curieuse impression.

Je voudrais que tu me dises comment je dois concevoir les choses en regard de nous deux. Ce rapprochement géographique m'incite à vouloir mettre les choses au clair ; mon intention n'est pas de te bousculer ni d'obtenir une réponse en fonction de laquelle agir, seulement je cherche à tuer mes espoirs. Cet apparent désintéressement que je découvre entre les lignes de ta lettre achève de me convaincre que je dois renoncer à nous deux, une fois pour toutes, malgré la difficulté que cela impose.

L'orgueil m'incite à affecter une certaine indifférence, et à t'écrire que ma vie, comme la tienne, continue malgré les épreuves, et que mes expériences me permettent de jour en jour d'y voir plus clair quant à ce que je souhaite réellement pour l'avenir.

Beaucoup d'émotions, de ton côté, m'avoues-tu d'emblée ; tu ne voulais pas m'embarrasser de confidences malheureuses. Francesca refuse désormais de partager la garde des enfants, même si pour cela tu quittes la métropole afin de t'établir dans la capitale, et que tu t'installes tout près de l'école que fréquenteront tes enfants.

Te voilà contraint de prendre un avocat.

C'est un moment des plus pénibles qui te fait vivre des émotions que tu n'as jamais ressenties jusqu'à ce jour. Tu voudrais pouvoir hurler ta rage, mais tu t'obliges à la contenir, de crainte d'entacher la quiétude de tes enfants.

En ce qui concerne les amours, m'écris-tu, tu veux être avec moi aussi honnête que je l'ai été avec toi par le passé.

Je cesse de respirer.

Mon cœur ne s'est jamais manifesté si bruyamment.

Tu m'annonces que tu as rencontré quelqu'un, il y a quelques semaines...

La terre s'arrête de tourner.

C'est une belle rencontre, ajoutes-tu.

Plus rien ne bouge.

Je chute dans le vide.

Mon amour se distord, comme un corps qui lutte et convulse, en proie à la noyade, aspiré dans les limbes d'un puits sans fond.

Une douleur m'enserre la poitrine.

Mon amour est une vieille guenille passée au tordeur.

J'apprends qu'elle connaît la situation dans laquelle tu te trouves, et qu'elle sait que tu ne te sens pas prêt à t'engager. Elle sait aussi que tu quitteras Montréal prochainement, mais elle a convenu avec toi, comme tu en as le besoin actuel, de vivre au jour le jour.

Mes paupières frétillent par trop d'émotions.

Oh ! Camil...

C'est vrai, pour survivre je t'ai cherché de misérables substituts, mais toi, toi ! cruel ! tu m'as trouvé une rivale !

Tu ajoutes être conscient du fait que rien ne ressemble à ce que tu imaginais que serait ta vie, il y a de cela quelques mois à peine, mais rien ne se passe en réalité comme tu aurais pu le présumer.

Tu signes ton message en me sommant de prendre bien soin de moi.

Mon intuition ne mentait pas.

Entre nous s'est creusée la fosse dans laquelle porter notre amour en terre.

Une vague de souvenirs emporte avec elle au large les images de nous deux que je chérissais encore, mais je ne veux rien laisser paraître de ma souffrance.

Je te réponds d'abord avec désaffection au sujet de ton déménagement et de la garde des enfants, puis je me montre désolée du fait que les choses se passent de cette manière avec Francesca. Je sais le déchirement, la douleur, la peur, l'envie de désespérer, l'envie de crier sa colère ; je te conjure de rester fort et de ne pas sombrer.

Je suis plus impuissante que jamais ; une autre a déjà pris ma place...

J'imagine, sans oser te l'écrire, que tu as besoin d'un phare pour regagner la rive. Pardonne-moi de n'avoir pas su être le tien. J'avais trop de mal à supporter l'attente que tu me conseillais pourtant d'éviter. Est-ce pour avoir obéi à cette recommandation que je me trouve aujourd'hui évincée de ton cœur ?

De toutes ces pièces détachées qui me reviennent en mémoire, je reconstitue l'essentiel de nos nuits qui n'étaient jamais trop longues ; elles le sont tellement, pourtant, dans les bras d'un autre...

Avec toi j'aurai appris à détester l'amour, cet arracheur de larmes.

Il vaut mieux me taire à l'avenir, et ne rien te laisser savoir de mes chagrins. Si la passion nous vaut l'estime, lorsqu'elle est réciproque, elle ne nous attire que la pitié lorsqu'elle ne l'est pas ; je ne saurais supporter que tu poses sur moi un regard qui en soit empreint.

C'est sans doute une femme bien qui t'accompagne, maintenant, puisque tu la choisis.

Puisse-t-elle te rendre heureux...

Sous prétexte que l'heure soit à la franchise, je te confie que de mon côté j'ai recommencé à voir Xavier. Les choses changent, évoluent ; je m'ouvre davantage à lui parce que, peu à peu, je dois faire mon deuil de toi.

Mes mots te font du bien, déclares-tu.

Tu promets de garder la tête au-dessus des vagues. Bien que cette année soit difficile sous plusieurs aspects, tu estimes que la vie aura tout de même été très bonne avec toi, à bien des égards ; tu considères que j'aurai été un cadeau précieux, placé sur ton chemin, et pour lequel tu te montres reconnaissant. Tu te dis par ailleurs heureux de savoir que les choses s'améliorent avec Xavier, et encore plus satisfait de constater que je te fais assez confiance pour ne pas chercher à te le cacher.

Oh ! Camil... je m'étonne de ta naïveté.

Ignores-tu donc que ce n'est pas par confiance, mais plutôt par orgueil, pour sauver ma fierté et camoufler mon chagrin, que je t'en ai fait l'aveu ? Pour rien au monde je ne voudrais paraître esseulée. Je ne cherche pas autre chose, dans les bras de Xavier, qu'une simple consolation ; je sais très bien que je n'y trouverai pas l'amour ! Au contact de sa peau, c'est la tienne qui me manque cruellement.

Tu trouves important que notre amitié soit préservée, même si tu avoues avoir eu de la difficulté à me parler de tes nouvelles amours ; tu craignais de me blesser et d'ajouter ainsi une autre déception à ma réalité. Tu apprécies ma compréhension et mon empathie qui te font un bien énorme, déclares-tu.

Tu ignores de toute évidence l'ampleur de l'affliction qu'elles dissimulent…

J'ai évincé Xavier.

Il m'était devenu insupportable.

Il me faudra bien dix hommes pour en oublier un seul.

J'insiste pour que ma boîte de courrier électronique me livre des dépêches qui ne me sont pas expédiées. Mes sollicitations répétées auprès du serveur n'y changent rien ; elles n'ont d'autre fonction que de me faire désespérer.

Cette petite indication sonore, signifiant l'arrivée d'un nouveau message, me mettait autrefois le cœur en émoi ; elle ne sonne plus que le triste glas de nos amours chaque fois que je découvre que le courriel reçu n'en est pas un de toi.

Le combiné du téléphone repose sur ma table de travail.

D'un son discordant, il réclame de retrouver son socle.

Il finira bien par se taire, comme ma détresse a su le faire.

La maison est vide.

J'ai éteint la télévision, fermé la radio.

Seul persiste le tic-tac de l'horloge.

J'aurais peut-être dû ne pas éconduire Xavier; il avait au moins l'heur de me faire plaisir, de me distraire du passé, et de m'occuper sinon le cœur du moins l'esprit.

La dernière bière qui se trouve dans le frigo m'interpelle.

Je ramasse au passage une boîte de Cheerios, oubliée sur le comptoir de la cuisine, dans laquelle je grappille entre deux gorgées d'alcool.

Soir d'oisiveté mortelle sur Internet.

Je fouine dans chaque racoin du cyberespace où je m'égare à la recherche de toi, et je découvre que les réseaux sociaux ne sont jamais là que pour assouvir nos curiosités malsaines.

Je t'ai aperçu, vêtu d'une chemise violacée, mains en l'air devant une table bien mise, arborant un sourire radieux. Elle, à tes côtés, en petite robe vert grenat, célébrant comme toi le bonheur d'être deux, à ce mariage où je devais, semblait-il, t'accompagner...

Les feuilles des érables sont à vif, au parc du Bois-de-Coulonge. Des mares rouge sang recouvrent leurs pieds humides et leurs racines s'étendent sous la terre spongieuse.

J'arpente les sentiers du domaine, le nez dissimulé dans le col de ma veste.

Une brume matinale atténue les couleurs flamboyantes du paysage et m'engourdit l'esprit. Il y règne une quiétude exquise, propice au recueillement, semblable au jardin d'un monastère.

Le vent est tombé, et rien ne bouge sinon une feuille qui, de temps à autre, se détache d'une branche pour se laisser choir au sol.

Toute chose perd son sens, de même que les arbres perdent leurs feuilles. Elles qui étaient le poumon de la Terre ne seront plus désormais que poussière. Elles exécutent des chorégraphies aériennes avant de se rendre à l'humus qui bientôt les ensevelira. Il en va ainsi de ces impressions fragiles qui m'habitaient encore, s'évanouissent maintenant, et se portent elles-mêmes en terre.

Une fine pluie fait frémir le feuillage persistant ; je n'y porte guère attention et poursuis mon chemin sans même songer à me couvrir.

Je marche d'un pas lent, évitant de poser le pied sur une feuille affalée au sol. Je me surprends à fredonner distraitement les paroles de *Autumn Leaves* de Nat King Cole, dont la voix a bercé une partie de ma jeunesse. Je n'y portais guère attention, à l'époque, et pourtant cette chanson me mettait en garde contre l'amour de toi, tel un oracle.

Je poursuis ma promenade, et je découvre que le panorama dégarni dévoile, au bas de la falaise, la marina de Sillery déjà désertée en vue de l'hiver. Comme je prendrais le large, pourtant, si la saison était propice...

Depuis quelque temps déjà, je vais rejoindre Mathis pour deux ou trois heures de plaisirs frivoles par certains après-midis de semaine.

Je sais ; il est navrant de se fixer ainsi des rendez-vous clandestins, dans le lugubre décor de chambres d'hôtel de grands boulevards. Qu'on me condamne ; c'est un crime dont je porte la secrète culpabilité, et dont je ne saurais me défendre autrement qu'en alléguant que ses bras tendres constituent pour moi le plus agréable des refuges.

Bien sûr, c'est le mari d'une autre. C'est aussi un cœur de plus qui jamais ne réclamera le mien ; un autre à m'échapper, à me filer entre les doigts. Qu'importe ?

Il sait m'étreindre avec passion, me combler d'une infinie douceur, effleurer ma peau de ses lèvres brûlantes, m'embrasser avec délicatesse et déposer sur mes épaules nues quelques baisers humides tandis que chavirent mon cœur et tous mes sens, qui basculent alors irrémédiablement dans la plus grande confusion, et s'engouffrent dans un profond délire, puis dans l'oubli de ce qu'est ma vie, et de tout ce qu'elle devrait être si seulement tu étais là...

J'ose croire, dans ces moments-là — à cette seconde précise où nous sombrons tous deux dans un abîme de plaisir —, qu'il m'aime au moins un peu. Et les sanglots, bien sûr, se nouent de nouveau dans ma gorge, mais qu'à cela ne tienne... il faut s'enivrer ; vivre, s'enivrer, et oublier.

Pour sûr, cet homme n'est pas le mien, pas plus que tu ne l'es toi-même et ne l'as jamais été. Pourtant celui-là me revient toujours, le temps d'un moment de pur ravissement, même fugace, le temps d'au moins un peu d'amour. Et s'il repart chaque fois, inéluctablement, ce n'est jamais sans la promesse d'un autre rendez-vous.

L'infidèle en lui mérite sans doute le mépris des femmes, et il devrait peut-être aussi susciter le mien — si du moins je savais me montrer solidaire de mes semblables —, mais j'y trouve trop bien mon compte pour songer à lui tenir rigueur de ce défaut moral dont je tire profit. Outre cette imperfection, il a au moins l'avantage d'être le seul homme capable d'effacer ton image de ma mémoire, ne serait-ce que le temps de fiévreux ébats. Qu'y a-t-il donc de mieux à faire, dis-moi, que de se lancer dans des histoires sans lendemain lorsque le cœur est indisponible ?

La neige recouvre le sol gelé de la ville endormie.

J'ai décroché du mur le calendrier qui a vu naître notre amour; je l'ai remplacé par celui de la nouvelle année.

Je finirai bien par être un jour aussi détachée de cette histoire que tu es parvenu à l'être, du moins je l'espère.

L'amour avec un grand A ne sera peut-être jamais pour moi que fiction.

Notre amour était beau, car il est né de mon esprit. Il n'a pas assez vécu pour être altéré par les aléas du quotidien; il aura eu l'avantage, sans doute, d'échapper à cette fatalité du destin.

Laisse-moi cependant être un peu amère; c'est ma seule consolation.

L'amour n'est que le fruit de notre imagination.

Assurément, l'amour n'est rien.

Merci pour les petits bonheurs.
Tant pis pour les pleurs.

*Saudade*

# Remerciements

Merci à Sabica Senez, pour avoir publié sa *Petite armoire à coutellerie.*

Merci à Yvon Roy, pour avoir été le premier lecteur de mon manuscrit.

Merci à Michel Vézina, pour avoir cru en ce roman.